O palácio da memória

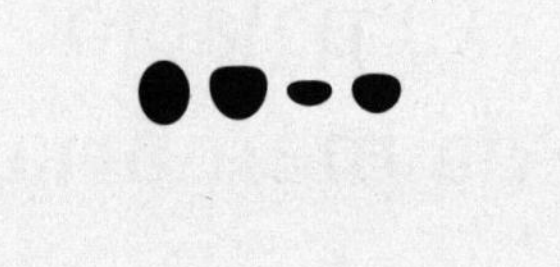

Nate DiMeo

O palácio da memória

seleção e tradução
Caetano W. Galindo

todavia

este é o Palácio da Memória
eu sou Nate DiMeo

Distância

Samuel Finley Breese Morse passou os primeiros vinte e cinco anos da vida aprendendo a pintar.

Em Andover. Em Yale. Em Londres, na Real Academia. Ele estudou as obras dos mestres para aprender como Michelangelo construía corpos que pareciam pulsar e estremecer apenas com óleo, sombras e hachuras. Para aprender como Rafael invocava a fagulha de toda uma vida interior com um único toque de tinta branca pura no ocre opaco dos olhos de uma mulher da nobreza. Para aprender a criar ilusões de espaço e de distância. Para aprender a presentificar o inefável através da mera fusão de linhas e pontos sobre a tela esticada.

Ele aprendeu a pintar.

E em 1825 Morse está morando em New Haven, Connecticut, com sua esposa, Lucretia, e dois filhos pequenos. E um terceiro filho a caminho. Podia nascer a qualquer momento.

Um dia, à noite, um mensageiro entregou uma carta: a prefeitura de Nova York queria pagar mil dólares para Morse pintar um retrato do marquês de Lafayette.

O herói da Revolução viria a Washington para comemorar os cinquenta anos do início da Guerra. E posaria para Morse.

Se o pintor pudesse se pôr imediatamente a caminho.

Então ele embrulhou o cavalete, pincéis e tintas… E separou roupas decentes para encontrar um homem como Lafayette. E beijou a esposa grávida. E saiu, naquela noite mesmo.

Em outra noite, uma semana depois, Morse estava em seu estúdio alugado em Washington, se preparando para a chegada, no dia seguinte, de seu célebre modelo. Ouviu alguém bater na porta. E lá estava um mensageiro. Sem fôlego, sujo, depois de um caminho difícil por trilhas difíceis. Que lhe entregou um bilhete com quatro palavras.

Esposa mal após parto

Ele saiu naquela mesma noite. Viajou seis dias, sem parar.

A cavalo e em carroças sacolejantes, enrolado em cobertores para se proteger dos ventos frios das noites de outubro.

E quando chegou a New Haven e correu sobre folhas caídas até a casa na Whitney Avenue... soube que sua esposa estava morta.

Na verdade tinha morrido antes mesmo de o mensageiro bater à sua porta em Washington. Na verdade, já tinha sido enterrada. Numa manhã em que ele estava na estrada. Enquanto ele corria para estar ao lado dela. Para cuidar dela até que melhorasse.

Samuel Finley Breese Morse passou os últimos quarenta e cinco anos de sua vida tentando impedir que mais alguém tivesse que se sentir como ele se sentiu naquela noite. Nunca mais.

Samuel Finley Breese Morse passou os quarenta e cinco anos seguintes inventando o telégrafo. Para transformar o espaço e a distância reais em ilusões. E desenvolvendo o código Morse. Pontos e linhas.

Que podiam transmitir o sentido de vidas vividas, de esposas falecidas.

Pombos perdidos

É impossível saber ao certo.

Mas os ornitólogos dizem que havia talvez cinco bilhões de pombos-passageiros na América do Norte no começo do século XIX. Isso representava uma em cada cinco aves. E quando viajavam para o Sul no outono e voltavam ao Norte no verão, eles chegavam de fato a escurecer o céu.

Muitos relatos fidedignos contam que as revoadas tinham mais de um quilômetro de largura. E mais de quatrocentos de comprimento.

Elas levavam horas, às vezes o dia todo, para passar pelo céu.

Você acordava de manhã ao som das aves que se aproximavam e tomava café e cuidava da terra o dia todo e trazia o gado para o curral, ou não sei mais o quê... e o bando ainda estaria em cima de você quando escurecesse.

O som devia ser incrível.

O excremento de alguns milhões de aves chovia do céu, desfolhando trechos inteiros de floresta. Quando elas se acomodavam para dormir, levava anos para as árvores se recuperarem. Havia um local em que se aninhavam todo ano, que ocupava dois mil quilômetros quadrados: poderia haver até 136 milhões de aves ali.

Mas tudo isso fazia com que fosse facílimo caçar esses pombos. Diziam que se você disparasse um rifle para o céu enquanto eles passavam... que um só tiro podia derrubar trinta. Eles voavam tão perto que trombavam uns nos outros, como numa espécie de engavetamento tenebroso numa estrada.

E caíam.

E à medida que a população humana dos Estados Unidos foi se espalhando pelo Oeste, as florestas começaram a sumir. E à medida que a industrialização e a imigração incharam as cidades do Leste, as pessoas precisaram de carne.

E caçadores em escala industrial se apresentaram.

Eles acendiam fogueiras embaixo das árvores para espantar as aves com a fumaça, e matá-las. Pegavam um pombo e costuravam seus olhos, por algum motivo, e aí o amarravam a uma arapuca, para que seus movimentos de pânico fizessem bandos curiosos pousarem. As aves então eram presas em armadilhas. E mortas.

Às vezes eles empapavam alpiste com álcool para as aves ficarem bêbadas. Para ser mais fácil matar. Em Petoskey, no Michigan, no ano de 1878, cinquenta mil aves foram mortas, todo dia, durante cinco meses. Elas eram colocadas em vagões de carga e enviadas a Nova York, ou Boston, ou Providence, ou Newark, ou Filadélfia, ou Baltimore. Naquele mesmo ano um outro fornecedor no Meio-Oeste entregou mais três milhões de pombos-passageiros.

E então as aves começaram a sumir.

As fêmeas só punham um ovo por ano, o que é uma estratégia evolutiva medonha. Em 1900 não havia mais revoadas. Em 1909 a Sociedade Ornitológica Americana oferecia mil e quinhentos dólares a quem encontrasse um pombo-passageiro na natureza.

O último pombo-passageiro de que temos notícia morreu no Cincinnati Zoological Park, em 1914. Era uma fêmea.

Ela foi empalhada e colocada num diorama na seção Aves da América do Smithsonian Museum.

Há alguns anos, foi parar no depósito.

Sr. e sra. Craft

Quando tinha onze anos de idade, Ellen Craft foi dada. De presente.

Ela nasceu em 1826. Em Clinton, na Geórgia. Sua mãe era escrava. E seu pai era o dono da mãe. E Ellen herdou a aparência do pai. E sua pele clara.

As pessoas, na fazenda, diziam que a garotinha parecia ser da família do proprietário.

E isso foi consumindo a esposa do fazendeiro. Essa coisa de ter aquela menina na sua casa. Aquela menina que a fazia se lembrar dos gostos e dos hábitos cruéis do marido. E quando sua própria filha se casou com um cavalheiro de Macon, o casal recebeu a menininha como presente de casamento.

E a dona da fazenda se livrou dela.

Ellen se mudou para Macon, onde trabalhava o dia todo no campo. Conheceu um homem. Outro escravo. Chamado William. E eles se apaixonaram, e casaram. E quando sussurravam na cama, à noite, ou quando passavam pelos campos ou sentavam para jantar, eles tramavam uma fuga.

Sabiam que se conseguissem se afastar o suficiente de Macon, chegar a um lugar onde ninguém os conhecesse, Ellen poderia passar por uma mulher branca. Mas também sabiam que isso não bastaria. Uma mulher de vinte e dois anos viajando sozinha seria estranho. E uma branca de vinte e dois anos viajando com um negro de vinte e poucos... isso estava fora de cogitação.

Mas numa noite, em 1848, Ellen e William correram para a escuridão da noite. E não pararam.

E quando podiam ter certeza de já estar bem longe do campo, e da cidade, e de qualquer pessoa que pudesse reconhecê-los, Ellen Craft virou um homem branco.

Isso era difícil.

Não era só uma questão de cortar o cabelo e vestir roupas masculinas, o que também já não seria tão simples assim. Pois imagine tentar viajar mais de mil e quinhentos quilômetros, mesmo que com o melhor disfarce de homem, com sua vida literalmente dependendo de ninguém perceber que você não é o que aparenta ser.

E estamos em 1848.

Além do cabelo e das roupas, Ellen Craft teve que aprender a andar e a falar de maneira convincente. Como um jovem branco endinheirado.

E ela não tinha barba, e não tinha pomo de adão, e além de tudo não sabia ler. Então se ela/ ele e seu escravo tivessem qualquer problema com a polícia ou com alguém na fronteira do estado, ela não seria capaz de ler um documento; não seria capaz de assinar coisa alguma.

E eles sabiam que a única chance que tinham de fazer isso dar certo, de chegar ao Norte, era andar rápido. E o único jeito de andar rápido era usar o transporte público.

Quando Ellen e William entraram num trem pela primeira vez, tinham bolado uma maneira de lidar com aquilo.

Um jovem cavalheiro sulista tinha sofrido um acidente terrível e precisava ir à Filadélfia para um tratamento médico especial. Precisava de seu fiel escravo William, que cuidaria dele. A parte de baixo do rosto dele estava ferida, e coberta de bandagens, que cobriam seu pomo de adão e sua barba. Sua perna, convenientemente, também tinha sofrido ferimentos. Então ele caminhava de um jeito estranho. Coisa normal.

E seu braço estava numa tipoia e, ele lamentava muito, mas só conseguia mexer o braço o suficiente para escrever um X a cada vez que lhe pediam que assinasse os bilhetes de trem, ou documentos de viagem. E os Craft representaram seus papéis em trens, num navio de passageiros, e finalmente numa balsa para a Filadélfia.

Os abolicionistas babaram com essa história.

Tinha tudo que eles buscavam para ajudar a espalhar a mensagem antiescravidão. Tinha um dono de escravos cruel; tinha dramaticidade; tinha disfarces; e tinha até romance. Logo a imprensa abolicionista transformou os Craft no símbolo da luta pela liberdade.

E eles mais do que entraram nos papéis. Mudaram para Boston, a capital efetiva do movimento abolicionista. Contaram sua trajetória em todo o nordeste dos Estados Unidos. Escreveram sobre a causa da liberdade e da dignidade humana mais básica... e sobre a barbárie da escravidão nos Estados Unidos.

E ficaram famosos.

E assim seu antigo dono soube exatamente onde encontrá-los.

O congresso aprovou o Decreto dos Escravos Fugidos em 1850. A lei basicamente dizia que escravos eram bens. E bens perdidos tinham que ser devolvidos, mesmo que esse "bem" estivesse agora num estado em que a escravidão era ilegal. Mesmo que a pessoa estivesse vivendo em liberdade, trabalhando, montando um negócio, uma família, naquele estado. Há décadas.

Então quando o antigo dono de Ellen e William Craft enviou dois agentes a Boston para levá-los de volta, a prefeitura teve que aceitar. Os caçadores de escravos tinham mandados oficiais e tudo mais.

Mas o povo de Boston não tinha que aceitar.

Um grupo de abolicionistas escondeu Ellen em outra cidade.

E William pegou uma arma.

E se aquartelou na casa de outro ex-escravo, um homem chamado Louis Hayden, que havia deixado de ser propriedade de outro homem em Kentucky e hoje era dono de uma casa enorme na elegante região de Beacon Hill, em Boston. E quando os donos de escravos vieram em busca de William, estavam em minoria, e tinham menos armas que aqueles negros livres. Que não estavam nem aí para seus mandados.

E tinham que passar por Hayden, parado à porta de sua casa com dois barris de pólvora e uma tocha, dizendo aos caçadores que estava pronto a explodir junto com eles e com a casa, mas não ia deixar que levassem William Craft.

Os caçadores de escravos foram embora da cidade. E os Craft também. Eles se mudaram para a Inglaterra, onde continuaram escrevendo e dando palestras. E contando sua história, por quase vinte anos ainda.

Três anos depois da Guerra Civil, numa época em que a segurança dos negros livres dos Estados Unidos ainda vivia sob ameaça em boa parte do território da nação (e é claro que ainda continuaria assim por décadas a fio), Ellen e William Craft voltaram.

E eles não ficaram em Boston, ou na Filadélfia, onde muitos lhes teriam dado as boas-vindas, onde seriam saudados como heróis.

Ellen Craft morreu em Ways Station, na Geórgia, em 1891.

Onde ela e seu marido, e seus filhos, viveram por vinte e três anos. Plantando arroz e algodão. E dando aula numa escola que fundaram.

Foi enterrada ao pé de uma árvore. Numa plantação que era sua.

Nipper

Imagine um menino de nove anos.

Imagine um menino de nove anos de verdade. Um sobrinho ou irmão mais novo. O filho do vizinho. O seu filho. Ou lembre-se de você mesmo com essa idade. Agora imagine esse menino na Pensilvânia em 1909, 1913, mais de um quilômetro abaixo da superfície da terra, num estreito poço de mina. Começando seu turno de doze horas como *nipper*.

Minas de carvão eram (e obviamente ainda são) lugares tenebrosos. Frias, úmidas, perigosas. Isso sem contar os desmoronamentos, ou a fumaça tóxica. O gás metano que pode vazar e matar os canários. E os homens que o respirem.

Então, para conter o fluxo de ar dentro dos túneis, eles construíam pesadas portas de madeira. E as portas não podiam ficar abertas muito tempo, ou o ar passaria de meramente rançoso e opressivo a letal.

Um *nipper* ficava sentado junto às portas. Por doze horas. No frio. No escuro. Sozinho.

Com nove anos de idade.

Sentado, se tivesse sorte, com uma pequena lâmpada de gás. Fraca demais para ler, mas clara o suficiente para fazer brilhar os olhos dos ratos.

E ele ficava à espreita para saber se uma carroça estava se aproximando: levando ferramentas ou homens para baixo, ou carvão para cima. Às vezes a carroça era puxada por uma mula, que caminhava às cegas no meio da escuridão. Às vezes vinha num trilho, em disparada, sem cocheiro e sem mula, conduzida pela gravidade.

O menino tinha então que ser muito rápido. As carroças atingiam velocidades bastante altas. Ele tinha que abrir a porta a tempo de elas entrarem, e aí fechar quando passassem, para o fluxo de ar não ser tragado. E aí tinha que correr para a porta do outro lado, e fazer a mesma coisa.

O que já seria um emprego ruim.

Mas ainda era incrivelmente perigoso. Você podia tropeçar no escuro e ser atropelado. E muitos... muitos meninos morreram assim. Mas um número ainda maior morreu apenas porque eram crianças pequenas, sozinhas no escuro, sem mais nada a fazer além de ficar ali sentados, com frio e com medo, tentando ouvir o som dos cascos, ou o atrito das rodas.

E eles dormiam.

E as mulas não viam as portas fechadas, e as carroças não paravam, e os meninos estavam sonhando junto à porta, quando ela se abria numa explosão.

Os irmãos Booth

Pense um minuto em Edwin Booth.

Primeiro, vamos lembrar que seu irmão, John Wilkes, era ator. E se ele não fosse ator, então não poderia matar Lincoln.

Porque naquela noite em que Abe e Mary vão ao Ford's Theater para ver uma peça, que era um sucesso incrível, que estava em cartaz havia anos... mais ou menos como se Lincoln tivesse ficado tão ocupado durante a guerra que só agora pôde levar a esposa para ver o *Fantasma da ópera*...

Enfim.

Porque naquela noite em que o presidente vai ao Ford's Theater, John Wilkes Booth pode simplesmente ir entrando e ninguém nem se dá conta. Porque os contrarregras e os porteiros e quem quer que se pudesse chamar de "segurança" ali, todos o reconheciam. Ele é John Wilkes Booth, o ator.

Claro que está só matando tempo no corredor.

E ele é John Wilkes Booth, o famoso ator. Da trupe dos Booth.

Seu pai era Junius Brutus Booth, o maior ator shakespeariano da Inglaterra: o que não era pouca coisa.

E ele se mudou para os Estados Unidos e então se tornou o maior ator shakespeariano da América: o que não é tanta coisa assim, mas ainda é bem impressionante. Os Booth eram a maior das famílias de atores, desde a Inglaterra.

Então...

É mais ou menos como se Drew Barrymore matasse Abraham Lincoln. Mesmo com uma correção para valores de 1865, para a inflação do mecanismo da fama naqueles dias e nos dias de hoje, imagine um mundo em que Drew Barrymore mata Abraham Lincoln.

Porém é mais doido ainda.

E é aqui que nós pensamos um minuto em Edwin Booth.

Edwin Booth era o segundo filho de Junius. E queria ser ator, como seu famoso pai.

Aos dezesseis anos de idade ele estreou no palco, em Boston. Num papel pequeno numa montagem em que seu pai era Ricardo III. Ele não era muito bom. E seu pai, com o ego de quem era duas vezes o maior ator shakespeariano, e com a beligerância de quem era um beberrão cruel, disse para ele parar de atuar. Que ele não dava para aquilo.

E o maior ator shakespeariano não pode ser "diminuído" por ter um filho, em público, mostrando que não é bom ator. E Edwin se recolheu.

Ele não desistiu de todo da carreira de ator, mas passou a ficar apenas seguindo os passos do pai. Literalmente. Garantindo que o velho não caísse de bêbado e perdesse uma encenação.

Mas alguns anos depois seu pai já não é mais um problema.

Ele morreu bebendo. Mas não *bebendo*. Ficou doente por ter ingerido água do Mississippi, o que não era uma boa ideia nem em 1852. Mas já que o pai não era mais um problema, Edwin mergulha naquela profissão. Ele viaja sem parar. Representando os maiores papéis em acampamentos de mineradores na Sierra Nevada. Montando Shakespeare e Marlowe em entrepostos coloniais na Austrália, ou no lugar que hoje chamamos de Havaí.

E, quando volta, ele é um grande ator.

Ele ofusca os dois irmãos que também estão no teatro, Junius Jr. e John Wilkes. E quando chega a Guerra Civil, há críticos que dizem que ele já ofusca o próprio pai.

Ele é o ator mais famoso dos Estados Unidos. E há quem diga que ele é o melhor Hamlet, e isso no mundo todo.

Então...

Quando John Wilkes Booth mata Lincoln, ele não é apenas Drew Barrymore. É irmão do melhor e mais famoso ator dos Estados Unidos. Você pode tentar dizer que é mais ou menos como se William Baldwin matasse Lincoln. Só que na época em que Alec Baldwin era de fato um astro de cinema, e William Baldwin era de fato um bom ator. Só que isso também não basta.

Então só imagine que Drew Barrymore, hoje, é irmã de Paul Newman no auge da sua reputação. E ela mata Abraham Lincoln.

Então, de novo, vamos pensar um minuto em Edwin Booth.

Estamos em 1865, e Edwin é o maior ator dos Estados Unidos. O falecido Junius Brutus Booth agora é conhecido como o pai de Edwin, em vez de Edwin ser lembrado como filho de seu pai. E aí um dia seu irmão mais novo mata o presidente. Seu irmão caçula, John, dá um tiro na nuca do homem que salvou a república. Enquanto o sujeito só está tentando ver uma peça com a esposa.

E Edwin Booth é afastado dos palcos. Ele se aposenta, depois de ter se esforçado tanto para sair da sombra do pai. Fica imediata, e permanentemente, à sombra do irmão mais novo. O que já é uma grande história. Mas eu gosto de lembrar ainda de um outro momento na vida de Edwin.

Não aquele que ocorre anos depois, em Manhattan, quando ele vê um homem caindo nos trilhos do trem e salta para agarrá-lo, apenas para perceber, depois de puxar o homem dali, que acaba de salvar a vida do filho de Abraham Lincoln.

O momento de que eu gosto de pensar acontece em 1866. Um ano depois de seu irmão assassinar o presidente. Depois da morte de John. Depois do incêndio do celeiro em que estava escondido. Depois do enforcamento dos conspiradores e do enterro de Lincoln. Depois de Whitman ter escrito “Da última vez que lilases floriram no pátio”. Depois de ele se ver chocado, deprimido, e certo de que jamais atuaria novamente.

Ele é convencido a sair da aposentadoria para representar Hamlet, por apenas uma noite, na Broadway. E tem certeza de que vai ser vaiado, ou quem sabe até coisa pior. E sabe que não pode culpar ninguém se for assim. Mas fica esperando nas coxias. E ouve sua deixa para subir ao palco.

E entra, como Hamlet, para ouvir Horácio falar do fantasma de seu pai. E a plateia se levanta.

E aplaude.

E aplaude.

E aplaude.

Essas palavras, para sempre

Guglielmo Marconi é o pai do rádio.

Ele não inventou de fato o rádio e recebe muito mais crédito do que merece. Mas enfim...

Aos olhos do mundo, Guglielmo Marconi era o pai do rádio. Era um herói numa escala que a Itália não conhecia desde a Renascença. Eu tenho um cartão-postal que encontrei no sótão do meu avô depois da sua morte. Tem uma foto de Marconi na frente e, atrás, uma mensagem em italiano.

Encorajando imigrantes como a família do meu avô a manifestar orgulho por seus compatriotas, investindo na empresa de Marconi.

Ele era celebrado no mundo todo.

Jantava com presidentes, reis e capitães da indústria e com lindas mulheres. Tudo e mais um pouco. Dividiu um prêmio Nobel. Mussolini foi padrinho do seu segundo casamento, o que eu tenho certeza de que na época parecia uma boa ideia.

Mas hoje sabemos que quando ele estava com mais de sessenta anos, em algum ponto em torno de seu quarto ou quinto ataque cardíaco, o inventor começou a pensar na mortalidade. Ou, na verdade, começou a pensar na imortalidade.

Marconi estava convicto de que o som nunca morre.

Ele estava convicto de que ondas sonoras, depois de emitidas por um rádio, ou pela vibração das cordas de um Stradivarius, pelo sussurro de um casal apaixonado, por um bebê que descobre como fazer um *ba* ou um *gu* pela primeira vez...

ele se convenceu de que o som vivia para sempre, com suas ondas permanentemente voando, mas ficando mais fracas a cada momento.

Ele só não havia fabricado um aparelho de rádio que tivesse capacidade de sintonizar aquele sinal.

Pois bem.

Isso está errado. Mas não era uma tolice total.

Uma das coisas que geraram a imensa fama de Marconi foi o naufrágio do *Titanic*. Setecentas e sessenta pessoas foram resgatadas das águas geladas depois que operadores de rádio de navios próximos ouviram o sinal de socorro.

Jornais do mundo todo deram a Marconi o crédito por esse resgate.

Pois bem.

Um desses operadores de rádio, no plantão noturno num vapor russo, ouviu o sinal em seus fones de ouvido... mais de uma hora depois de ter sido enviado.

Isso foi só uma anomalia física. Condições atmosféricas ou coisa assim.

Mas lá estava Marconi, no fim da vida, ficando mais fraco a cada ataque cardíaco. Sonhando com um aparelho que lhe permitisse ouvir os sons perdidos. Que lhe permitisse captar essas frequências eternas.

Ele dizia às pessoas que, se conseguisse fazer aquilo, poderia ouvir Jesus de Nazaré declamando o Sermão da Montanha. Mas... ele poderia ouvir tudo. Tudo que jamais tivesse sido dito. Tudo que ele mesmo tivesse dito.

No fim de sua vida ele poderia ficar sentado em sua *piazza*, em Roma, ouvindo tudo que já tivesse sido dito a ele, ou a respeito dele. Podia reviver cada brinde e cada tributo.

E nós todos poderíamos. Ouvir tudo.

César.

Shakespeare ensaiando com um ator.

Minha avó se apresentando a meu avô num clube noturno em Rhode Island.

Alguém te dizendo que te ama, lá na primeira vez em que essa pessoa disse que te amava.

Ouvir tudo. Para sempre.

Aprovação em queda livre

Era uma vez um sujeito de Pawtucket.

Seu nome era Sam Patch. E quando era pequeno ele fazia o que fazia a maioria dos meninos pequenos em Pawtucket, Rhode Island, no começo do século XIX. Ele tinha um emprego.

Seis dias por semana numa fábrica de tecidos. Doze horas por dia no inverno, catorze ou dezesseis na névoa e no calor opressivo do verão.

E quando Sam Patch tinha sete ou oito anos, nove, talvez, ele fez o que faziam alguns dos homens na fábrica.

Na hora do intervalo, o pequeno Sam seguia os homens até o topo do desfiladeiro que ladeava a catarata que movia a roda da fábrica.

E pulava.

Ele saltava das rochas que podiam quebrar uma perna e mergulhava rumo àquele único ponto do rio que tinha profundidade suficiente para você não quebrar o pescoço. E durante aqueles poucos segundos, caindo no ar, cortando as gélidas águas viradas do rio Blackstone, ele se via livre da fábrica.

E aí nadava até a beira. E se secava. E voltava para terminar o dia. E a vida, que esperava por ele lá dentro.

Logo a fuga preferida de Sam se tornou a fuga preferida dos outros operários. Eles não pulavam, mas sentavam na beira do rio para almoçar e ver Sam saltar. E Sam Patch descobriu que tinha uma quedinha pela queda.

Em 1827 ele já tinha trabalhado uma década e meia na fábrica. Estava com vinte anos, e pronto para levar seus saltos da hora do almoço a um novo patamar.

No dia 30 de setembro, uma multidão de centenas de pessoas viu Sam saltar vinte metros do alto das quedas do rio Passaic, em Paterson, Nova Jersey, onde trabalhava na época.

No dia seguinte a imprensa o batizou de Saltador de Nova Jersey.

E Sam deixou as fábricas para trás, para sempre. Durante dois anos Sam Patch viajou pelo nordeste dos Estados Unidos. Saltava de mastros de bandeira, de tetos de fábricas, de mastros de navios...

Se você conseguisse reunir uma multidão, uma grana, e tivesse acesso a alguma coisa bem alta, Sam Patch com certeza pulava dali para você.

No outono de 1829, ele subiu numa plataforma, quarenta metros acima do rio Niágara, em meio à neblina das cataratas. E deu um passo no vazio.

Ele nadou até a beira, acenou para os dez mil espectadores que murmuravam seu espanto lá no alto e recolheu seu dinheiro das centenas de pessoas que tinham pagado para sentar em arquibancadas, mais perto da ação.

Os homens o admiravam; as mulheres o adoravam. Os pais temiam que seus filhos quisessem ser como ele. Sam Patch tinha se tornado um dos homens mais famosos do país... pulando de coisas bem altas.

Eram tempos mais simples.

Mas, por mais que se trate de um caminho ridículo até a fama, eu não sei exatamente se é mais ridículo do que ter uma quantidade descabida de filhos, ou namorar o pai divorciado de uma quantidade descabida de filhos.

O país exigia mais.

Queriam saltos mais espetaculares; mais perigo. Queriam mais desse homem que veio do nada. O homem que havia se esfalfado nas mesmas fábricas que eles, e que tinha encontrado uma saída. Que um dia se viu atolado na vida sem sentido que eles conheciam bem demais, e que tinha literalmente ido às alturas.

Mas há um limite para as alturas.

Folhetos circularam pela região de Rochester, Nova York, durante a semana do dia 7 de novembro de 1829. Eles prometiam que às duas horas, naquela sexta-feira, dia 13, Sam Patch daria seu último salto.

Porque ele ia se aposentar. Tinha levado sua estranha profissão até onde podia levar. Até onde qualquer pessoa um dia pôde levar.

Naquela fria tarde de uma sexta-feira de novembro, Sam Patch rastejou sobre uma viga escorregadia no meio da queda-d'água. Trinta metros acima do rio Genesee. Ele se pôs de pé e olhou para a multidão. Oito mil pessoas tinham abandonado teares e máquinas nas fábricas para torcer por um dos seus.

Ele gritou algo para eles. Embora suas palavras tenham se perdido no troar da catarata.

Saltou.

E sumiu na água lá embaixo. E não subiu. Quando não apareceu na beira para acenar e agradecer à multidão e piscar para as mulheres, as pessoas se recusaram a acreditar que aquilo não fosse parte do espetáculo. Elas acharam que fazia parte de um plano brilhante. Que ele ia aparecer de novo no ano que vem, ressurgido dentre os mortos, para outro salto incrível.

Mesmo meses depois, quando um fazendeiro, a quilômetros da cidade, encontrou o corpo de Sam num córrego congelado que corria pela sua pastagem, as pessoas se recusaram a acreditar que seu herói tinha morrido. O Evil Knievel* do século XIX se transformou no Elvis Presley do século XIX. As pessoas diziam ter certeza de que ele estava vivo. Tinham certeza de que o viram caminhando em Cleveland. Ou saltando sozinho no Mississippi, à luz do luar.

Ou elas o viam de relance, enquanto estavam ocupadas no tear: era ele saindo pela porta da frente daquela fábrica, e sem olhar para trás.

* Evel Knievel (1938-2007) foi um famoso dublê, motociclista e showman a desafiar o perigo entre as décadas de 1960 e 1980 nos Estados Unidos. (N. E.)

Cortadas, manchetes, cavadas

Seu submarino tinha afundado.

Ele tinha enfrentado três destróieres ingleses ao mesmo tempo, o que se revelou um duplo exagero, pelo menos. Dois de seus homens haviam morrido; o restante foi aprisionado. E agora, no verão de 1943, o capitão Jürgen Wattenberg era um dos mil e setecentos nazistas feitos prisioneiros de guerra, num campo a quase dez mil quilômetros de sua casa, na fria cidade portuária de Lübeck, no mar Báltico. No meio do deserto do Arizona. Murchando no calor.

As coisas estavam ótimas.

As estações americanas de rádio noticiavam derrotas aliadas diante do Exército alemão. E como as rádios locais simplesmente tinham que estar cheias de mentiras e propaganda ianque... se elas estavam noticiando essas derrotas, estava na cara que a guerra ia acabar logo. E além disso seus homens estavam adorando o vôlei.

O campo de prisioneiros era pesadamente fortificado, cercado por um terreno deserto intransponível, e no meio de lugar nenhum. Estavam a mais de dez quilômetros de Phoenix, e Phoenix e lugar nenhum era mera questão de opinião em 1943. Então... não era que esses caras estivessem prestes a fugir.

Logo, quando os homens do capitão Wattenberg pediram pás aos guardas americanos para montar um campo oficial de vôlei ali entre a areia e as pedras, eles disseram claramente, manda ver. Então os prisioneiros cavaram. E logo estavam sacando, cortando e dando manchetes. Organizando torneios. Gritando e torcendo em altos brados. Todo dia.

Tudo segundo os planos de Wattenberg.

Aqueles gritos e festejos na quadra de vôlei cobriam o barulho das escavações que estavam ocorrendo no subsolo, desde que eles começaram a trabalhar para montar a quadra.

Os prisioneiros estavam cavando um túnel, centímetro a centímetro.

Praticamente todos os prisioneiros estavam envolvidos. Alguns conseguiam lâmpadas e fios elétricos, para iluminar o túnel; outros fizeram um carrinho, e trilhos, para ajudar a remover a areia; e havia os que espalhavam sub-repticiamente a areia pelo campo, ou acrescentavam uma pá a mais, imperceptível, a alguma pilha que tivesse sobrado da construção da quadra.

Então alguém roubou um mapa.

Wattenberg e outros navegadores de carreira na Marinha se reuniram em volta do mapa e traçaram a rota rumo à liberdade.

Determinaram que o túnel teria que ter cinquenta e dois metros de comprimento. Teria que correr a dois metros e meio da superfície. Menos nas cercas. Eles teriam que cavar quatro metros para passar por baixo das cercas. O túnel acabaria numa vala de drenagem, que estava indicada no mapa por uma linha pontilhada. Os marujos dos navios e submarinos iam construir um barco, que arrastariam pelo túnel até a vala, e aí uma pequena equipe carregaria o barco para a larga faixa azul no mapa, o rio Gila, não muito distante dali. E aí eles remariam até o rio Colorado, de onde seguiriam para o México, onde se encontrariam com espiões nazistas que os levariam de volta à Alemanha e de volta ao mar, a tempo de ajudar a acabar com os Aliados.

Passaram cinco meses cavando. Noite e dia.

Eles projetaram e construíram uma canoa que podia ser carregada desmontada em três partes, e montada apenas quando chegassem ao rio. Acumularam comida e suprimentos médicos. E identidades falsas. E cigarros para a jornada rumo ao sul.

E na noite do dia 23 de dezembro eles deram uma festa. Por ordens do capitão Wattenberg, devia ser uma festa barulhenta.

Protegidos por canções alemãs de bebedeira, grupos de dois ou três homens foram entrando no túnel e se arrastaram por entre areia e rochas, puxando atrás de si sua canoa desmontável. Respirando poeira e ar rançoso.

Esses marujos do norte da Europa, desesperados para sair daquele lugar que devia lhes parecer o inferno na terra, apertaram os olhos no escuro. Até surgir uma fina fatia de luar.

E então eles saíram para a vala, livres. E escaparam para a noite, chamando o capitão Wattenberg para a direção do rio. Para retornar à água, que os levaria de volta para casa.

Wattenberg tinha pressa. Ele rumou para o ponto do mapa em que a faixa azul era mais larga: a cabeceira do rio, onde a corrente seria veloz e as águas seriam mais fáceis de transpor. E isso haveria de compensar, com sobras, o tempo que estivessem perdendo a pé.

E na aurora, com o nascer do sol, à medida que se aproximavam daquela faixa no mapa, exaustos e ansiosos por se ver de novo em águas abertas, ninguém (certamente não o capitão Wattenberg) estava pensando que a palavra "rio", num mapa do Arizona, durante a estação das secas, podia significar algo diferente do que significaria a mesma palavra num mapa de praticamente qualquer outro lugar do mundo.

Naquela manhã eles se sentaram na sua canoa, virada, às margens do rio. Chorando, segundo os relatos que nos chegaram, com a cabeça apoiada nas mãos. Com o sazonalmente pujante rio Gila escorrendo, num fio estreito, à sua frente.

Ave feia e escura

Ele entrou no trem errado.

Seu destino era Nova York, mas acabou em Baltimore. Não podemos saber ao certo o que aconteceu. Não podemos saber ao certo quase nada do que aconteceu a Edgar Allan Poe entre 27 de setembro, quando chegou, e 7 de outubro de 1849, quando morreu — de alguma coisa — no Washington College Hospital.

Não sabemos o que o matou.

Há mais de cem anos as pessoas tentam revirar as pistas para tentar entender. Como o detetive de Poe tentando solucionar aqueles assassinatos na Rua Morgue. (*Spoiler*: foi o orangotango.)

Mas mesmo que exumassem o corpo de Poe e usassem toda espécie de equipamento do tipo *CSI: Investigação Criminal* que existe hoje em dia, os resultados podiam marcar definitivamente cólera, ou lesão cerebral, ou intoxicação alcoólica, ou até hidrofobia... todas causas já aventadas. Agora, por mais que isso pudesse explicar por que ele morreu, ninguém saberia o que matou Edgar Allan Poe.

Mas uma coisa nós sabemos. Poe ia se casar poucas semanas depois.

Sua primeira esposa, Virginia, tinha morrido dois anos antes. Dois anos antes de ele entrar no trem errado.

Virginia era o amor da sua vida. Apesar de ser sua prima-irmã. E de ter treze anos de idade para os vinte e sete que ele tinha quando os dois casaram. Parece que um dia, em 1842, ela estava tocando piano e começou a tossir. E se você já viu qualquer filme cuja história se passe no século XIX, você sabe o que isso quer dizer. E sabemos que, conforme a tuberculose se agravava, o que também se agravava era o consumo de álcool, já problemático, de seu marido. Sabemos também que, depois da morte de Virginia, Edgar meteu os pés pelas mãos com ao menos uma mulher; mas provavelmente houve muitas outras.

Ele conheceu uma poeta de Providence, e prometeu que largava a bebida se ela aceitasse casar com ele.

Ela aceitou.

Mas ele não conseguiu.

Logo estava visitando sua primeira namorada. Seu amor de infância. Era ela a mulher com quem ele ia se casar. Antes de entrar no trem errado.

Nós sabemos que Poe estava numa situação lastimável quando chegou a Baltimore, fosse por cólera, hidrofobia ou outro motivo qualquer. Poe estava em péssimo estado, mas provavelmente não teria morrido. Algo o matou.

Algo o deixou delirante, machucado e à beira da morte, estendido numa tábua de madeira na frente de um *saloon* na Lombard Street. Com as roupas de outro homem. Algo o deixou com calafrios e alucinações, entrando e saindo de um estado de coma. Gritando e se debatendo até ter que ser amarrado a seu leito de hospital.

E provavelmente foi a política municipal.

Poe foi encontrado num dia de eleição. E aquele *saloon* era um ponto de votação, no quarto distrito da cidade. E os *whigs** precisavam que naquele dia muita gente fosse votar. E os *whigs* do quarto distrito tinham seus métodos para garantir que muita gente fosse votar.

* Membros do Partido Whig, fundado na década de 1830 como oposição ao Partido Democrata. (N. E.)

Parece que Poe passou seu último dia neste mundo, seu último dia antes de ser levado para morrer num hospital... votando.

Parece que o homem que escreveu "O corvo" e "Annabel Lee" e "O coração delator" foi sequestrado por bandidos. Eles faziam esse tipo de coisa naquele tempo. Esses bandidos (e essa é de fato a única palavra que pode descrever esses indivíduos) sequestravam pessoas que estivessem andando sozinhas pela rua. E eles as embebedavam, ou as entupiam de ópio, e as mantinham trancadas num quarto.

Parece que o homem que inventou o conto policial, o homem que nos deu o roteiro que rendeu tudo que vai de Sherlock Holmes, passa por Agatha Christie e chega a *The Wire* (esse para falar de coisas pesadas que se passam em Baltimore), parece que ele foi sequestrado, drogado e mantido preso num quarto, onde apanhou bastante.

Parece que o primeiro escritor americano a tentar ganhar a vida escrevendo (e os vinte e quatro dólares que ele recebeu por "O corvo" não eram nada, nem lá nos anos 1840), o primeiro escritor americano a tentar ganhar a vida escrevendo, e não graças ao dinheiro da família ou a um salário de professor ou de pastor... parece que ele foi sequestrado e drogado, e que apanhou bastante, e então foi arrastado por toda a cidade de Baltimore para votar.

Edgar Allan Poe, em seu último dia neste mundo, dois anos depois que o amor de sua vida perdeu sua longa e triste batalha contra a tuberculose, poucas semanas antes de casar de novo... Edgar Allan Poe foi arrastado semiconsciente pelas ruas de Baltimore, de um local de votação para outro, para cometer a mais descarada fraude eleitoral.

Tiraram sua roupa e o vestiram com a de outro homem para ele poder votar várias vezes. Antes de ser largado, delirante e desorientado...

e moribundo...

num bar qualquer.

Gases

O homem acordou assustado, e vomitou.

Ele mal conseguia enxergar. Era pouco antes da aurora. Sentiu um cheiro estranho e doce ali no ar de seu quarto. Virou para a esposa e pediu que ela corresse até a cozinha para ver se o piloto da caldeira ainda estava aceso. Para ver se não havia um vazamento de gás.

Ela ia levantar, mas descobriu que suas pernas não funcionavam mais.

Ainda naquela noite, no dia 31 de agosto de 1944, uma moça do outro lado da cidade, cujo marido estava na guerra, acordou, sozinha, na cama, com o barulho da filha chorando e tossindo no quarto ao lado. Ela ia levantar, mas descobriu que suas pernas não funcionavam mais.

Na noite seguinte, em torno de onze e meia, uma mulher, a sra. Kearney, estava se preparando para ir dormir. Sentiu um cheiro estranho. Andou pela casa escura tentando achar a fonte do cheiro, até que suas pernas começaram a formigar, e ela descobriu que elas não funcionavam mais.

Ela gritou. Você também gritaria.

E sua irmã veio correndo do seu quarto. Ela ligou para a polícia. Quando eles chegaram, ela disse que o cheiro estranho parecia estar entrando pela janela do quarto da irmã.

A polícia não encontrou coisa alguma. Foram embora. E deixaram a mulher sozinha.

Duas horas depois, Bert, o marido da sra. Kearney, estacionou na frente da casa depois de terminar seu turno de motorista de táxi. Ali, diante da janela de seu quarto, enquanto sua mulher dormia do outro lado da parede, estava uma estranha figura vestida de preto, agachada no escuro.

Bert depois disse à polícia que a figura, alta e magra, correu para o bosque. E desapareceu.

Os cidadãos de bem de Mattoon, Illinois, ficaram aterrados.

Durante várias noites, vinte e um deles foram acordados (isso entre os que conseguiram dormir) pelo cheiro de gás que entrava pela janela. Ou para descobrir que não conseguiam se mexer, ou para encontrar um estranho homem de preto parado, olhando para eles pela janela. Antes de desaparecer na noite.

A polícia vinha. E não encontrava coisa alguma.

Nada de pegadas.

Nada.

Mas ainda assim o estranho homem de preto continuava aparecendo.

A polícia aumentou o número de patrulhas no turno da noite. O FBI veio de Springfield. Grupos de vigilantes voluntários saíram às ruas com lanternas. E armas. Tentando pegar o estranho homem de preto.

Mas não pegaram. E ele continuava aparecendo. Aterrorizando as pessoas no meio da noite.

Algumas vezes ele deixou pequenas pistas. Uma tela rasgada na janela. Folhas pisoteadas na grama.

Beula Cordiss, da rua 21 Norte, um dia voltou tarde para casa e encontrou um pedaço de tecido branco na varanda. Ela pegou o pano e cheirou. E se curvou vomitando e gritando que estava com a boca e a garganta ardendo. Quando os policiais chegaram e analisaram o pano, determinaram que fosse o que fosse que fez a sra. Cordiss passar mal, tinha desaparecido do pano.

Como o estranho homem, na noite.

E aí acabou.

O estranho homem de preto desapareceu. Tão misteriosamente quanto tinha surgido. E quando ele desapareceu, houve quem dissesse que ele nem era um homem. Que era algo diferente. Algo que veio de outro mundo.

Ainda hoje em Mattoon as pessoas dizem que de vez em quando, nos primeiros dias do outono, enquanto estão deitadas, despertas, no escuro, podem ouvir a figura que bate na janela do quarto.

Só que não.

Se bem que, na opinião de alguém que já esteve em Mattoon, isso podia propiciar alguma atividade para o pessoal. Eu, pelo menos, acho que eles não ouvem as batidas. Eu não fiz uma pesquisa de opinião e tal, mas as pessoas não deviam ouvir as batidas, porque o homem de preto, o homem que a imprensa chamou de "O Envenenador Maluco de Mattoon", ou "O Espreitador Anestésico" ou, a minha preferida, "O Anestesista-Fantasma", provavelmente não existia. E eu não estou falando isso como quem diz fantasmas-não-existem. O que eu quero dizer é que provavelmente não havia nem mesmo algum pervertido esquisito andando por ali. Ou um cara com algum spray tentando botar as pessoas para dormir para entrar e roubar as coisas delas.

O cheiro estranho, os vômitos, as bocas e gargantas ardendo podem ter sido causados por poluentes pré-legislação ecológica, emitidos por algumas fábricas próximas. Foi o que o chefe de polícia declarou logo depois que as ligações alucinadas pararam de chegar à sua delegacia.

Mas as pessoas acabaram adotando outra teoria.

O envenenador maluco de Mattoon foi um caso de histeria coletiva. Os primeiros "ataques" eram apenas coisa da cabeça das vítimas. E aí a ideia dos ataques entrou na cabeça de todos.

Um psicólogo propôs essa teoria pela primeira vez alguns anos depois, no começo dos anos 1950. E apesar de a razão que ele deu (as mulheres estavam histéricas porque seus maridos estavam na guerra) ser meio esquisita, e sexista, sua teoria da histeria coletiva se manteve.

O que significa que os cidadãos de bem de Mattoon, em fins do verão e começo do outono de 1944, se juntaram aos cidadãos de Estrasburgo, na Alemanha, que dançaram, descontroladamente, por dias e dias a fio, em 1518. E às freiras que não conseguiam parar de gritar e de se contorcer num convento em Würzburg, na Alemanha, em 1749. Às outras freiras que miavam várias horas por dia, na Áustria, no fim daquele século. Aos alunos de uma escola religiosa perto do lago Tanganica, na Tanzânia, que começaram a rir numa tarde em 1962. E não conseguiram parar. E aí seu riso se espalhou pelas vilas vizinhas. Ou às seiscentas meninas num colégio exclusivamente feminino no México, que em 2006 ficaram paralisadas, e nauseadas... exatamente como os cidadãos de Mattoon.

Depois que o estranho homem de preto apareceu à noite.

O estranho homem de preto que nem existia...

ou...

será...?

Não. Sacanagem. Claro que não existia.

Você sabe que está doente

Ele não estava exatamente fingindo que era médico.

Pelo menos não quando ficou famoso. Quer dizer... houve sim uma época, em 1906, 1907, em que o dr. John R. Brinkley estava descaradamente mentindo sobre ser "doutor". Para vender melhor suas panaceias engarrafadas.

E assim ele comprou um diploma fajuto por reembolso postal. E assim cobrou vinte e cinco dólares para injetar nas pessoas o que chamava de um novo medicamento elétrico, da Alemanha. Que na verdade era só água tingida.

Se você está pagando para alguém injetar água com corante de comida no seu braço... em alguma medida a responsabilidade é sua.

Bom...

Em 1915, John Romulus Brinkley passou um ano (e gastou cem dólares) na Eclectic Medical University, de Kansas City. E finalmente podia olhar nos olhos de alguém e dizer que era de fato "doutor". O que eu imagino que seria um consolo para alguém que entrava em seu consultório em Milford e entregava setecentos e cinquenta dólares pelo privilégio de permitir que o dr. Brinkley abrisse seu corpo e inserisse pedaços de testículos de bode, bem ao lado do seu "equipamento" natural.

A partir de 1917, o dr. John R. Brinkley realizou milhares de operações como essa. Prometendo que elas curariam a impotência masculina. E no fim prometendo que meter testículos de bode no corpo dos outros podia dar jeito em até vinte e sete problemas comuns. A operação, como você pode imaginar, era incrivelmente dolorosa. A recuperação era longa e penosa.

E quando tudo passava… você tinha pedacinhos de bolas de bode por dentro.

Mas as pessoas diziam que tinham sido curadas. E o editor do *Los Angeles Times* decidiu desmascarar o dr. Brinkley.

Ele se submeteu à operação. E acabou declarando que Brinkley era um gênio.

As pessoas chegavam doentes. Ou moles. E passavam pelo dr. Brinkley. E melhoravam.

Não fazia diferença o fato de não haver nenhum indício concreto de que isso fosse mais do que mero efeito placebo. Não fazia diferença o fato de a Associação Médica dos Estados Unidos estar chamando Brinkley de charlatão.

As pessoas chegavam doentes. E aí não estavam mais doentes.

E o dr. Brinkley estava na casa delas todo dia, toda noite. Garantindo que não houvesse dúvida na cabeça das pessoas sobre o quanto elas estavam doentes.

Ele fundou uma pequena estação de rádio perto de sua clínica. Estava o tempo todo no ar, anunciando sua ridícula intervenção cirúrgica.

Ele ia ao ar respondendo cartas de ouvintes. Eram pessoas desesperadas por informação médica de qualidade, que simplesmente não conseguiam obter em nenhum outro lugar ali no interior do país; pessoas que ficavam aliviadas ao descobrir que havia cura para seus problemas.

Essas pessoas economizavam dinheiro durante o inverno inteiro. Vendiam seus bens. Faziam empréstimos que não sabiam ao certo se conseguiriam pagar. E iam para Milford. E recebiam testículos de bode.

E algumas dessas pessoas morriam.

Em 1930 o estado do Kansas começou a se preocupar com os quarenta e dois atestados de óbito que Brinkley tinha assinado desde que começara a trabalhar.

Eles passaram a se preocupar com o fato de que a maioria dos mortos nem estava doente antes de aparecer na clínica. Passaram a se preocupar com o fato de que ele costumava realizar as cirurgias embriagado. E passaram a se preocupar com o fato de que não tinham como saber exatamente quantas pessoas morriam depois de ir para casa.

Então a Associação Médica do estado revogou a licença dele. E logo o governo federal revogou a licença de sua estação de rádio.

Então John R. Brinkley foi para um lugar onde nada disso tinha importância.

Em 1931 Brinkley inaugurou uma nova estação, do outro lado da fronteira, no México. Algo que logo faria dele uma das pessoas mais poderosas dos Estados Unidos.

Em segurança, fora do alcance dos homens de Washington que queriam acabar com ele, as afirmações falsas de Brinkley eram transmitidas com um milhão de watts de potência.

A estação era tão forte que as pessoas que moravam na região conseguiam ouvir sem nem ligar o rádio. O som era amplificado pelos colchões de molas. Vibrava dentro do crânio, graças às obturações. A transmissão era tão forte que podia ser ouvida em todos os estados do país.

E aí os ouvintes iam até a fronteira. Para serem curados pelo famoso doutor, que não era mais doutor.

E isso tudo transformou John Romulus Brinkley em um homem riquíssimo. Com uma mansão. E doze Cadillacs. E animais raros trazidos das ilhas Galápagos só para ficarem andando à toa pelo gramado da sua casa.

Mas…

Você não tem como fazer uma fortuna assim, e esperar um final feliz rumo ao pôr do sol.

Primeiro outro médico se instalou na região oferecendo tratamentos igualmente bizarros, mas por preços muito mais baixos. Aí o FBI o condenou por fraude postal. Ex-pacientes lhe meteram processos. O governo mexicano enviou tropas do Exército para fechar seus negócios. Seus ouvintes mudaram de estação quando ele começou a dar espaço a simpatizantes do nazismo durante a Segunda Guerra.

E ele teve que vender a mansão. Logo depois de ter mandado colocarem azulejos com suásticas na piscina.

Você pode dizer que ele recebeu o que merecia, no fim. Quando sua saúde se consumiu ainda mais rápido que a fortuna.

Três ataques cardíacos.

Uma perna amputada depois de desenvolver problemas de circulação.

Um quarto ataque cardíaco que o matou em 1942.

Você pode dizer que ele recebeu o que merecia, no fim.

Só que aquela perna foi cortada por um médico. De verdade.

Algumas palavras para os responsáveis

Será que alguém um dia já esteve mais longe de casa do que Minik Wallace?

Ele tinha sete anos no verão de 1897. Um dia, cedo, saiu do iglu da família e correu até a beira da água. Onde viu seu pai, e alguns outros homens, remarem nos canais que o sol de agosto tinha aberto no gelo.

Quando voltaram, horas depois, não estavam sozinhos.

Homens brancos tinham desembarcado de um navio que se via no horizonte.

Pelo menos um deles já tinha tratado com inuítes do norte da Groenlândia. Robert Peary vinha até ali havia anos, fazendo escambos com armas e agulhas. Em troca de cães de trenó e de informações que pudessem ajudá-lo a encontrar o caminho até o polo Norte.

Ele estava obcecado por ser o primeiro a chegar lá. Muitos estavam obcecados por ser o primeiro a chegar lá naqueles dias. Mas não os inuítes. Eles não tinham nem ouvido falar de um polo Norte antes de gente como Peary começar a dar as caras por ali.

E quando ouviram... não acharam nada demais.

Mas em casa, entre as viagens, Peary passava seus dias impressionando os ricos ociosos de Nova York com suas mãos calejadas, com seu rosto maltratado e com os artefatos que trazia de lá. No outono de 1897, Minik, seu pai e quatro outras pessoas de seu vilarejo foram esses artefatos.

Não. Eles não foram sequestrados.

Disseram aos inuítes que eles veriam maravilhas inimagináveis.

Luzes.

Ruas.

Lojas.

Trens.

Chaminés.

Restaurantes.

Árvores.

Aglomerações de pessoas.

E viram.

Minik vinha de uma tribo com menos de duzentos e cinquenta pessoas. Pessoas que viviam espalhadas por dezenas de quilômetros quadrados. E aqui, para receber seu navio no porto, no Brooklyn, havia trinta mil pessoas, que chegavam de bicicleta, que chegavam em carruagens puxadas por animais que ele só podia imaginar serem os maiores cachorros do mundo. E que pagavam vinte e cinco centavos cada, só para poder dar uma olhada nos esquimós.

Também disseram aos inuítes que eles voltariam no ano seguinte. Seriam estudados por cientistas no Museu de História Natural. Seriam medidos e pesados. E ouviriam perguntas a respeito de suas práticas culturais. E de sua dieta. E de sua vida familiar. E então voltariam para suas famílias. Levando coisas que melhorariam sua vida.

Mas não voltaram.

Ficaram doentes.

Eles não tinham defesa contra a tuberculose. O pai de Minik morreu. E Minik ficou inconsolável. E dois outros adultos, e uma criança, também morreram. E Minik ficou só.

Ele pediu ao pessoal do museu... pessoas que foram boas com ele... pessoas que se sentiram muito mal quanto ao que aconteceu com esse menino, em Nova York... ele pediu que lhe deixassem dar ao pai um enterro adequado.

Então uma noite, Minik e os responsáveis por ele realizaram uma cerimônia fúnebre inuíte no Upper West Side de Manhattan.

Sete anos de idade. E sem pai.

Minik se mudou para a casa de William Wallace, o zelador do museu, e foi criado como seu filho. Aos quinze anos Minik perguntou a Wallace por que as crianças na escola de repente estavam rindo dele. E William Wallace teve que contar a verdade a Minik Wallace.

Aquelas crianças tinham ficado sabendo dos artigos no jornal. Os artigos que diziam que o pai de Minik não foi enterrado realmente naquela noite, anos antes. Que diziam que Minik, aos sete anos de idade, tinha realizado uma cerimônia sagrada dos inuítes para um saco de pedras. Que o pai de Minik fora dissecado. Que um dos jovens pesquisadores do museu tinha recebido um prêmio acadêmico pelo seu estudo do cérebro daquele homem. Que os ossos do pai de Minik estavam em exposição.

Minik pediu os ossos do pai.

William Wallace também pediu, apesar de nunca ter dito a Minik que sempre soube o que tinha acontecido com o pai de verdade do menino. Desconhecidos mandaram telegramas para o museu. Gente que lembrava ter lido sobre a tristeza do menino esquimó, anos antes. Desconhecidos que ficaram enfurecidos ao descobrir que era ali que estava agora aquele menino.

O museu se negou a entregar os ossos. Eles inclusive desmentiram que estavam de posse dos ossos.

Minik pediu a Robert Peary, o homem que tinha trazido ele e seu pai para Nova York, que ajudasse a conseguir os ossos do pai de volta. O melhor que Peary pôde oferecer a Minik foi uma carona para casa.

Há dois fins para esta história.

Um você encontra num momento de 1918, no fim da vida de Minik, quando ele morre em New Hampshire aos vinte e oito anos. Como uma das 675 mil pessoas mortas nos Estados Unidos pela gripe espanhola. O momento em que ele morre cercado pela família que o acolheu depois de ter errado por anos a fio pela América do Norte, de trabalho braçal em trabalho braçal. Tentando encontrar seu lugar no mundo.

Outro fim você encontra num momento de 1993, quando os ossos do pai de Minik, finalmente liberados pelo museu, receberam o enterro inuíte que mereciam, quase cem anos depois que o navio de Robert Peary trouxe o homem com seu filho àquele lugar estranho, a um mundo de distância.

Mas eu gostaria de encerrar essa história num ponto diferente. Em algum momento não documentado. Em 1913. Quem sabe 1915. Quando Minik estava de novo na Groenlândia.

Um rapaz. Totalmente só. Ainda que brevemente. Numa caçada. Ou dando comida aos cães. Mas só. Na escuridão perpétua do inverno do Ártico. No gelo. Sob estrelas que nunca pôde ver de fato em Manhattan.

Com ideias que lhe vinham em duas línguas. Uma que teve que aprender de novo depois de voltar para casa. Ideias persistentes, que acabariam levando o rapaz a decidir que seu lugar também não era na Groenlândia.

Será que alguém um dia já esteve mais longe de casa que Minik Wallace?

A Lua no *Sun*

Houve uma descoberta.

Várias, na verdade. Na quarta-feira, 25 de agosto de 1835, as pessoas abriram a edição matinal do jornal *The New York Sun* e ficaram sabendo dos notáveis progressos científicos de Sir John Herschel, durante sua expedição à África do Sul.

Sir John era filho de Sir William Herschel, que descobriu o planeta Urano e duas de suas vinte e sete luas. O Herschel mais velho se via limitado pela capacidade da engenharia do período. E, ele supunha, por certas lamentáveis verdades a respeito da óptica. Então seu telescópio, apesar de imenso, não podia enxergar muito longe.

Mas aqui, no *New York Sun*, havia a notícia de que lá, na África do Sul, no topo de uma colina no cabo da Boa Esperança, o jovem Herschel tinha resolvido os problemas que torturaram seu pai. Ele tinha construído um instrumento tão engenhoso... um telescópio tão grande... que estava começando a responder perguntas que vinham torturando a todos que um dia olharam para o céu noturno.

No que era um triunfo da engenharia, a lente do telescópio de Sir John era vinte e cinco vezes maior que a do pai. Pesava 6725 quilos. E todo esse tamanho impressionante e toda essa sofisticação técnica geravam um aumento óptico de quarenta e duas mil vezes. E, segundo o *New York Sun*, depois de ter confirmado as descobertas do pai, e depois de ter identificado vários planetas que orbitavam estrelas distantes, Sir John Herschel apontou seu telescópio para a Lua.

Havia castores na Lua.

Havia vastas campinas de flores de um carmim profundo. Florestas de árvores tão altas quanto o mais nobre dos pinheiros dos mais velhos cemitérios ingleses. Unicórnios azuis com barbas de bode. E eles saltitavam e corriam pela grama como gatinhos.

Durante cinco dias as maravilhas da Lua foram catalogadas nas páginas do *Sun*.

Na quinta-feira seus leitores ficaram sabendo das imensas manadas de bisões que marchavam por um vale cavado muito tempo antes por uma erupção vulcânica. E ficaram sabendo dos castores lunares. Que não eram castores de verdade — eles não tinham cauda. E andavam sobre duas pernas. E viviam em cabanas. Mais impressionantes, segundo o artigo, que as de muitos selvagens humanos.

Na manhã de sexta-feira, as pessoas abriram o *Sun* para ler a respeito da descoberta mais fenomenal de Herschel até ali.

Primeiro ele e sua equipe pensaram que se tratava de aves. Estavam agarrados à face de um penhasco. Pairavam em bandos pouco acima das ondas de um grande mar interno.

Mas não eram aves. Eram homens.

Eram homens alados.

Vespertilio-homo, como o cientista denominou a nova espécie. Homem-morcego. E havia mulheres-morcego. E eles voavam e brincavam na mais espontânea nudez, que parecia incrivelmente atraente quando vista por um telescópio de seis mil quilos, por um cientista inglês todo arrumadinho.

No topo de uma colina.

No cabo da Boa Esperança.

Então...

É aqui que eu digo que nada disso era verdade. Que foi tudo uma grande fraude.

E nós, hoje, podemos rir dos nossos inocentes ancestrais. Parece que de fato eles acreditaram naquilo, na maior parte. No segundo dia da série o *Sun* estava vendendo alucinadamente. E há relatos da metade do século XIX que recordam que os artigos causaram furor. Um autor escreve que estava na Universidade Yale quando os textos saíram, e que todos, alunos e professores, acreditaram nas notícias.

Pelo menos no que se refere aos primeiros quatro ou cinco artigos.

Depois de um tempo parece que os detalhes incríveis simplesmente deixaram de ser... críveis. Não que o jornal tenha admitido. Ninguém jamais admitiu. Embora quase todos concordem que o responsável foi um escritor inglês que havia começado a trabalhar para o *Sun*.

E existia um Sir John Herschel.

E ele era um cientista muito competente, que descobriu luas em torno de Saturno e, como seu pai, ainda outras luas orbitando Urano. Mas ele só foi descobrir que era o tema da fraude lunar alguns anos depois. E aparentemente achou tudo aquilo meio irritante.

Então...

Nós podemos rir dos nossos inocentes ancestrais. Mas eu prefiro não rir.

Porque... o que há de errado em acreditar? Quem poderia dizer, naquela época, o que existia na Lua? E eram pessoas, ali, que estavam lendo a respeito de coisas maravilhosas. Maravilhas reais. Na Terra. O tempo todo.

Novas surpresas tecnológicas.

Máquinas de costura e motores elétricos e fósforos e bondes...

Pessoas que estavam lendo textos enviados por expedições que seguiam para os quatro cantos do mundo, que falavam de dar nome a animais improváveis, e de encontrar novos povos, que falavam de novas línguas e rituais novos, de lugares de que nunca tinham ouvido falar, na África e na Ásia... na América do Sul.

E num tempo em que não havia carros, nem estradas de ferro transcontinentais, nem semanas úteis de quarenta horas, e férias de verão... quem poderia dizer que não havia maravilhas? Rio acima, ou logo atrás da montanha?

Então quem poderia dizer que não havia vastos campos de papoulas na Lua?

E grandes pirâmides de quartzo?

Aves rubras que se aninhavam em palmeiras floridas nas praias de um mar interno?

Ou castores gigantes que acendiam fogueiras para manter quentes suas cabanas?

Tá...

De repente eles devem ter sacado quando viram essa dos castores. Isso já é meio estúpido.

Citius, Altius, Fortius, Horrendius

Thomas Hicks prendeu o número vinte na camisa.

Ele já tinha corrido na vida. Não uma maratona, mas tinha corrido na vida. E rápido.

E quando descobriu que os Jogos Olímpicos de 1904 seriam sediados nos Estados Unidos pela primeira vez, começou a treinar. Fazendo tiros de quinze e de vinte quilômetros nas ruas recém-pavimentadas da periferia de Boston.

Ele sabia que não tinha chance de vencer. Mas só estar ali...

Correr contra os melhores do mundo seria genial. As duas primeiras olimpíadas tinham sido incríveis, revivendo o espírito dos gregos antigos. Primeiro em Atenas, em 1896. Depois Paris, em 1900.

E agora Saint Louis, que reconhecidamente não era Atenas ou Paris. Mas tinha de alguma maneira conseguido sediar a Feira Mundial e aí Teddy Roosevelt fez suas manobras e trouxe também os Jogos para a Feira.

Ia ser genial, Thomas Hicks pensava enquanto vencia seus quilômetros em Massachusetts. Ele nunca venceria aquilo, mas ainda assim...

Enquanto Hicks fixava seu número, e se perfilava para a terceira maratona olímpica, percebeu que podia ter se enganado. Talvez ele pudesse vencer.

Ele nunca tinha corrido essa distância, mas vinha treinando pesado. E estava quente. Trinta e dois graus à sombra. Mas ele era durão e, olhando em volta... os adversários meio que... não.

Tinha aquele francês que morava em Chicago. Ele era bom. E aquele Fred Lorz, de Nova York. Aquele cara era coisa séria. Mas meio que parava por aí. Nenhum dos grandes corredores europeus estava ali. Porque, convenhamos, quem é que queria viajar para Saint Louis?

Você é o maior astro da luta greco-romana da Grã-Bretanha. Você tem o melhor arremesso de peso de toda a Suécia. Você vai a Atenas. Você compra uma passagem para Paris. Mas atravessar o oceano para chegar aos Estados Unidos e aí pegar um trem rumo ao meio de lugar nenhum, até uma cidade qualquer de que provavelmente você nunca nem tinha ouvido falar? Essa você deixa passar, obrigado.

Quando os maratonistas se perfilaram e ficaram à espera da pistola que daria a largada, Thomas Hicks não estava se achando tão mal na fita.

Havia trinta outros corredores. Parecia que seria um número bem menor até a véspera. Mas aí apareceram dez gregos no trem vespertino.

Porém eles estavam numa forma horrorosa depois da viagem. E aí tinha um carteiro cubano baixote, com sapatos sociais, que cortou a calça de lã na altura do joelho quando viu que todos os outros estavam de calção. E aí... havia dois africanos.

Os organizadores dos jogos estavam frustrados pela falta de participação internacional. Então foram até a Feira Mundial, que estava acontecendo logo ali, ao mesmo tempo. Foram até um verdadeiro zoológico humano, onde povos nativos de Bornéu, do México ou da Ásia Central tinham sido trazidos para viver em aldeias reconstruídas, para fingir que cuidavam do seu dia a dia, para diversão e (supostamente) educação dos nativos do Meio-Oeste dotados de ingressos para a feira. Então os organizadores andaram por ali perguntando se alguém queria participar da corrida. Tentar correr mais de trinta quilômetros.

Dois zulus quiseram.

Eles estavam ali em exibição como guerreiros selvagens. Embora fossem, na verdade, estudantes universitários. E pensaram: por que não? Era melhor que ficar ali de bobeira entalhando lança o dia inteiro enquanto os turistas comiam algodão-doce e riam na cara deles.

Então, contra esses adversários, Thomas Hicks não estava mal na fita.

E a pistola disparou. E os primeiros quilômetros ficaram para trás. E o grupo, mesmo pequeno, seguiu para a subida da primeira ladeira.

E a partir dali foi tudo ladeira abaixo.

As condições não podiam ser piores. Durante todo o trajeto eles dividiam a rua com carroças e cavalos que levantavam uma poeira que lhes secava a garganta e dificultava a visão. Mas Hicks estava conseguindo manter um bom ritmo. E, um a um, seus adversários começaram a abandonar. Derrubados por cãibras e derrotados pelo pó e pelo calor. A bem da verdade, os dois zulus estavam ali com ele na dianteira. Mas foram expulsos do trajeto por um bando de cachorros...

Aquele carteiro cubano estava correndo bem também. Mas ficou com fome e entrou num pomar de maçãs para comer alguma coisa. E acabou caindo no sono.

E Fred Lorz, o grande adversário de Hicks... aquele simplesmente desmoronou no quilômetro catorze. Então, devagar e sempre, Hicks podia chegar lá.

Depois de mais alguns quilômetros, ele viu que não podia.

A poeira estava por todo lado. Nas narinas, cobrindo sua língua. O suor escavava canais entre a poeira que tinha na testa, fazendo seus olhos arderem. Na metade da corrida, Hicks estava acabado. Ele implorou para sair. Ele *implorou* aos seus treinadores, que estavam num carro que ia na frente dele, jogando poeira na sua cara. *Implorou* que lhe dessem água. Eles se negaram a dar.

Eles queriam testar umas teorias...

Em vez de lhe darem um copo d'água, eles limparam sua boca com uma esponja seca. E lhe deram incentivos. Ele era o líder. Faltavam só quinze quilômetros. Treze. Doze, agora... Faltando onze quilômetros, Hicks cambaleava. Seus treinadores decidiram que a esponja seca não ia funcionar mais. E vieram com tudo: pensaram que ele precisava de um estimulante para se manter de pé. Tinham uísque, mas acharam que podia ser perigoso demais a essa altura. Queriam segurar esse recurso, caso precisassem dele no fim, para um último empurrão.

Então, em vez de lhe darem a água que ele vinha pedindo desesperadamente há quilômetros, eles lhe deram um copo com um ovo cru, e um pouco de veneno de rato. E Hicks continuou correndo. Ou pelo menos continuou seguindo adiante. Embora seus treinadores tivessem que andar ao seu lado para evitar que ele caísse.

E ele começou a sofrer alucinações. Graças à desidratação e ao calor, e à fadiga e... ao veneno de rato.

Faltando seis quilômetros, ele tentou deitar no meio da rua e dormir. Mas seus treinadores continuavam inabaláveis. O atleta deles estava quase dois quilômetros à frente dos outros.

A vitória (ainda que não um copo d'água) estava ao alcance de Hicks.

Eles mandaram vir a cavalaria pesada: liberaram o uísque. Thomas Hicks ia vencer essa corrida, nem que tivessem que carregá-lo até a linha de chegada. O que acabaram fazendo.

Três homens entraram no estádio olímpico. Hicks, verde e chapado de ovo cru, veneno de rato e uísque francês, e seus dois treinadores, cada um segurando um ombro. Um que o mantinha em linha reta, e o outro movendo as pernas de Hicks como se ele fosse um boneco.

E quando cruzaram a linha de chegada e Hicks finalmente teve o direito de despencar e os treinadores trocaram tapinhas nas costas pela vitória de seu atleta e por suas engenhosas intervenções, eles ergueram os olhos e perceberam que Fred Lorz, o veloz nova-iorquino que tinha desistido com catorze quilômetros de prova, na verdade havia vencido a corrida.

Foi só mais tarde que se descobriu que, depois de desmoronar, Lorz tinha entrado num carro que o deixou a uma quadra do estádio. E ele esperou até um tempo razoável ter passado e entrou correndinho, aplaudido de pé.

Hicks pelo menos ganhou um copo d'água.

As irmãs Fox

Diziam que a casa era mal-assombrada. E isso ainda antes de as duas meninas começarem a conversar com os mortos.

Kate Fox tinha onze anos. Sua irmã mais velha, Margaret, estava praticamente em idade de casar. Tinha catorze quando elas se mudaram para a casinha pequena de um vilarejo pequeno, sessenta quilômetros a leste de Rochester, Nova York.

As meninas tinham se mudado muitas vezes na vida nos últimos anos, desde que sua mãe abandonou o pai porque ele começou a beber demais. Mas agora estavam todos juntos de novo. Dessa vez parecia que o pai delas tinha tomado jeito. De vez. E havia conseguido ganhar dinheiro suficiente, ferrando cavalos, para pagar o aluguel da casinha de Hydesville.

E provavelmente conseguiu uma barganha. Com aquela coisa toda dos fantasmas...

Os vizinhos falavam de um caixeiro-viajante que fora convidado a entrar ali anos antes, e nunca mais deu sinal de vida.

Nunca mais deu sinal, na verdade, até uma noite de março de 1848, quando o sr. e a sra. Fox ouviram os estranhos sons que vinham de algum lugar atrás da parede da sala de estar. Às vezes parecia alguém batendo. Outras vezes, pareciam móveis sendo arrastados. E sempre parecia vir do quarto das filhas.

Os pais entravam correndo, na esperança de pegar as meninas tentando enganá-los. Mas quando abriam a porta, elas estavam num sono profundo. E eles não acreditavam que suas filhas pudessem estar inventando aquilo como brincadeira. Eram apenas menininhas.

Mas elas estavam.

O que começou com batidinhas na parede e corridinhas de volta para a cama (mão cobrindo a boca; rosto no travesseiro para abafar o riso) foi ficando cada vez mais sofisticado com o passar do tempo. As irmãs descobriram que se amarrassem um barbante numa maçã, para jogar a fruta do outro lado do quarto e puxar de volta rapidamente, a maçã sairia quicando e batendo no piso, ricocheteando contra paredes e móveis. E fazendo um barulho bem parecido com o dos passos inquietos de um caixeiro assassinado.

E na noite do dia 31 de março, as irmãs Fox revelaram a mais nova aquisição de seu repertório cada vez maior de técnicas de simulação de fantasmas.

Elas chamaram a mãe para seu quarto. E lhe disseram que Kate tinha feito contato com um espírito. Ela então estalou os dedos uma vez... e ouviu-se uma batida em resposta. Ela estalou os dedos duas vezes... e vieram duas batidas.

Na noite seguinte os Fox, e todos os seus vizinhos, se espremeram no quarto das meninas, à luz de velas, para esperar o espírito. Ao nascer do sol a plateia foi deixando a casa, convencida de ter passado a noite em presença de um morto. E de duas meninas com poderes incríveis.

O sr. e a sra. Fox estavam assustados.

Suas filhas não podiam mais ficar naquele quarto. Então eles mandaram as meninas morar com a irmã mais velha, Leah, e sua família. Leah era responsável: ela cuidaria das duas.

Mas eles descobriram que o fantasma seguia as meninas. E Leah descobriu que tinha uma oportunidade.

Logo, graças ao gerenciamento de Leah, as irmãs Fox estavam lotando um teatro com capacidade para quatrocentas pessoas, em Rochester.

Em 1850, Kate, então com treze anos de idade, e Margaret, dezesseis, eram a sensação de Nova York. As pessoas passavam horas na fila a fim de comprar ingressos para ver as duas. Para poderem rogar que as irmãs pedissem notícias ao espírito... notícias das pessoas que amavam, e que estavam no além. Ricos e famosos iam até os camarins para conhecer as meninas. O jornalista Horace Greeley tornou-se seu protetor, e as apresentou a clientes particulares, que pagavam para que as irmãs os apresentassem aos mortos. Greeley também apresentou as irmãs à vida noturna de Nova York. Ao vinho e ao uísque que tinham quase feito naufragar seu pai, alcoólatra. Que tinham quase destruído sua família.

E nas páginas de seu jornal, Greeley apresentou as irmãs Fox ao mundo.

Havia outros médiuns. Muitas outras pessoas já haviam se afirmado capazes de conversar com os mortos. Mas aquelas irmãs tinham alguma coisa que fazia as pessoas terem fé. Eram meninas bonitinhas. Inocentes. E elas eram muito, mas muito boas no que estavam fazendo.

Elas viviam sendo desafiadas pelos céticos. Mas sempre passavam nos testes. Mesmo as pessoas que tinham total convicção de que aquilo era apenas um truque ainda não conseguiam explicar como elas o faziam.

E as outras... ora, as outras queriam acreditar.

Eram os anos 1850. As pessoas simplesmente morriam. O tempo todo. Por causa de doenças, simples gripes, infecções. Coisas que hoje não matam mais.

Seus familiares, amigos, seus filhos morriam no parto, em acidentes de trabalho, ou em casa... por que eles não estariam dispostos a acreditar que as pessoas que amavam não tinham desaparecido? Que as pessoas que tinham perdido podiam ser encontradas?

Logo as pessoas estavam organizando sessões espíritas como hoje nós organizamos jantares. Entregando sua fé ao tarô, a místicos.

Alguns não passavam de enganadores. Outros estavam simplesmente enganados: viam coisas que não estavam ali. Mas, juntos, eles estavam mudando os Estados Unidos e a visão que as pessoas tinham da vida e da morte. E esse espiritualismo moderno (essa era a expressão usada por Greeley) esteve no centro da vida americana por várias décadas. Mesmo depois de ter abandonado as irmãs que foram o começo de tudo.

No dia 21 de outubro de 1888, Margaret Fox, cinquenta e quatro anos, estava no palco da New York Academy of Music, diante de dois mil pagantes. E então falou com os mortos, e depois mostrou à plateia como fazia para falar com os mortos.

Ela tinha recentemente perdido o interesse naquilo tudo. E queria se vingar de Leah, sua irmã mais velha, que ela achava que tinha passado a perna nelas, financeiramente, por anos. Então disse às pessoas ali no teatro que, quarenta anos antes, naquela casinha pequena do vilarejo pequeno, depois de passarem algumas noites batendo nas paredes e correndo para a cama na ponta dos pés ou atando barbantes em maçãs, ela e sua irmã menor perceberam que conseguiam, as duas, estalar as juntas dos dedos dos pés. Conseguiam tensionar os pés, e emitir um som. E elas descobriram que ninguém percebia que estavam fazendo aquilo. E assim as pessoas acreditaram de fato que elas estavam conversando com os mortos.

E era divertido.

Ela contou à plateia como elas ficaram felizes ao descobrir que aquele barulhinho estranho podia ser ouvido até no fundo de um grande teatro. Contou que, depois, quando eram famosas, e quando gente elegante ia ao seu apartamento elegante da rua 42, uma cliente podia estar sentada do outro lado da sala, em relação a Margaret ou Kate, e uma delas estalava o dedo do pé, e a cliente simplesmente tinha certeza de ter recebido um tapinha no ombro.

Porque é difícil localizar um som no espaço.

E porque no fundo você é capaz de acreditar em quase qualquer coisa, se estiver disposto a acreditar.

Ela revelou tudo isso. Mas não tudo. Havia coisas mais íntimas. Coisas que talvez nem ela mesma compreendesse.

Portanto ela não contou como tanto ela quanto a irmã começaram a perder o controle. Não muito tempo depois de Horace Greeley ter apresentado as duas ao mundo. E a muitas coisas do mundo: poder, riqueza e vinho. Coisas que já tinham derrubado gente bem mais preparada para elas do que duas crianças do interior do estado.

Ela não contou o quanto ela e a irmã tiveram dificuldade para lidar com o peso cada vez maior do segredo que dividiam. Não falou das ocasiões em que Kate começou a exagerar cada vez mais nas afirmações quanto ao que era capaz de fazer. Indo além de conversas via estalos de dedos... chegando a móveis que se mexiam... a mãos fantasmas que apareciam do nada: pelo menos na cabeça de pessoas loucas para acreditar.

Nem contou que ela não podia saber ao certo quanto sua irmã, cada vez menos estável, acreditava nas bobagens que dizia.

E naquela noite no teatro, aos cinquenta e quatro anos de idade, ela certamente não lhes falou da ocasião em que testou sua própria fé.

Em 1852, a fama, o dinheiro e as festas levaram um homem chamado Elisha Kent Kane a uma das sessões espíritas das irmãs. Ela estava com dezoito anos; ele tinha trinta e dois. E era bonito. E era um famoso explorador do Ártico. Então ela se apaixonou. E ele a amava; mas não amava sua profissão.

Era católico, e sua família era muito católica. E não havia a menor chance de eles aprovarem uma união entre seu filho, temente a Deus, e essa mulher endiabrada que espalhava blasfêmias. Então ela desistiu.

E ela e Kane começaram um caso. E foram felizes por alguns anos. E ela não duvidava de que a qualquer momento viria um pedido de casamento. Até que o escorbuto de que Kane sofria havia anos finalmente o matou em 1857.

Margaret não contou ao público que uma noite não aguentou mais e, deprimida e só, tentou entrar em contato com seu amado morto. Que tentou fazer de verdade o que tinha passado uma década fingindo fazer. Não falou que chamou por ele. E que ele não respondeu. E que ela ficou sentada, no escuro, sabendo que ele jamais responderia. E sabendo que ela nunca poderia sentir o consolo que sentiam as pessoas que pagavam para ver as irmãs, quando ficavam sabendo que seus amados estavam em paz, ou que elas tinham sido perdoadas, ou que sempre seriam seu verdadeiro amor, claro, ou que jamais seriam esquecidas.

Kate e Margaret Fox não foram esquecidas.

Mas quando morreram não eram lembradas com carinho. As duas morreram na pobreza. Nenhuma delas chegou aos sessenta. As pessoas que ainda defendiam o espiritualismo ficaram felizes quando elas saíram de cena. E as pessoas que nunca acreditaram... também.

Mas há um P.S. aqui, que é difícil evitar. E você pode fazer dele o que quiser.

Em 1904 a casinha pequena do vilarejo pequeno foi demolida. E dentro de uma das paredes, perto do que foi o quarto das meninas, encontraram o esqueleto de um homem que parecia ter sido caixeiro-viajante.

E que aparentemente foi assassinado poucos anos antes de a família Fox se mudar.

Babá

Um cartão-postal de 33,67 graus de latitude norte, 106,475 graus de longitude oeste. Julho de 1945.

Oppenheimer estava preocupado. É que o Projeto Manhattan era tão grande... Havia mais de trinta canteiros e escritórios, com nada escrito na porta. E havia cento e trinta mil pessoas trabalhando naquilo tudo. Cento e trinta mil bocas potencialmente frouxas. E por mais que fizessem todo tipo de esforço para evitar que essas pessoas conversassem entre si; por mais que se esforçassem para que ninguém além das pessoas mais importantes fosse capaz sequer de imaginar o quadro geral, que ninguém fosse capaz de saber que a placa de circuito que estava soldando, ou que a lente que estava polindo, que tudo isso se juntaria para produzir uma arma que seria, por fatores de dez, a coisa mais mortal que já fora construída no mundo...

Ainda assim havia gente demais que estava sabendo demais. Espiões potenciais que sabiam que eles finalmente testariam aquilo na manhã seguinte. Que sabiam que Truman estava em Potsdam, com Stalin e Churchill, contando com o sucesso da experiência. E havia sabotadores potenciais demais, que conheciam formas demais de impedir que aquilo detonasse. Ou, pior, formas de fazer aquilo detonar antes da hora.

E agora a engenhoca (era assim que eles chamavam a coisa mais mortal já construída no mundo)... a engenhoca estava lá, sozinha, no meio do deserto, pendurada em uma torre de aço. A trinta metros de altura.

E uma tempestade se aproximava.

Dois anos antes, a esposa de Don Hornig, Lilly, atendeu o telefone na pequena casa em que o casal morava, em Cape Cod. Eles tinham acabado de se mudar, logo depois da lua de mel. Depois de Don ter defendido seu doutorado em Harvard. Isso aos vinte e três anos de idade.

Lilly, naquela época, estava trabalhando no seu próprio doutorado. E na horta com que os dois vinham sonhando.

O homem ao telefone disse que o governo do seu país precisava de Donald. Ele não podia dizer qual era o projeto. Não podia dizer qual seria seu trabalho. Não podia lhes dizer para onde iriam. Mas era melhor irem de uma vez.

Dois anos depois, Robert Oppenheimer estava procurando alguém para ficar de babá da bomba atômica. Ele precisava de alguém que entendesse como a bomba funcionava. E Hornig tinha projetado o sistema do detonador. Então se alguém tivesse sabotado o sistema, trocando algum fio, ou afrouxando um parafuso, Hornig poderia perceber.

E eles precisavam de alguém jovem. Os outros cientistas eram importantes demais, não podiam ser perdidos em alguma catástrofe atômica. Eles tinham filhos. Tinham estabilidade no emprego. E como não lhe dariam uma arma para que pudesse defender ou a si próprio, ou a arma com que eles contavam vencer a guerra, talvez aquele ali tivesse a força física necessária para bater em algum nazista que aparecesse querendo explodir a coisa toda.

Então...

Eu vou dizer de uma vez que não vai acontecer nenhuma reviravolta dramática aqui. Don Hornig não vai tirar o jaleco e mostrar que por baixo vestia um uniforme da SS. Não há um momento em que o jovem cientista, há muito desrespeitado por seus chefes mais velhos, nobelizados, olha para a bomba e percebe que os figurões tinham passado tanto tempo contemplando o átomo e as origens do Universo que tinham deixado de perceber um minúsculo detalhe, que Hornig conserta com chiclete e um raminho de alecrim, que sempre mantinha atrás da orelha para não esquecer aquela horta que ele e a esposa deixaram para trás em Cape Cod, nem a vida a que eles um dia voltariam quando finalmente despertassem desse pesadelo.

Então... não.

Nada de reviravolta. Eu dei todo esse contexto só para te deixar com esta imagem agora.

Em algum momento depois da meia-noite do dia 16 de julho de 1945, poucas horas antes da Experiência Trinity, que levaria a Hiroshima, Nagasaki, ao fim da guerra e ao início da Guerra Fria, e a décadas de arrependimento, medos e catástrofes ambientais e tudo mais, um sujeito de vinte e cinco anos de idade ficou sentado numa pequena caixa de folhas onduladas de alumínio, com apenas três paredes, com uma lateral aberta para o mundo, trinta metros acima do deserto, no topo de uma torre de aço, no meio de uma tempestade.

Enquanto ouvia a chuva martelar e sacudir seu teto de metal, e ficava ali numa cadeira dobrável sob uma lâmpada de sessenta watts pendurada de um fio, folheando um volume todo amassado de histórias cômicas (James Thurber, Dorothy Parker, Mark Twain), tentando não pensar no que aconteceria se a torre encharcada, no meio do deserto, que continha apenas um homem e uma bomba nuclear, fosse atingida por um relâmpago.

Enquanto seus colegas estavam em abrigos fortificados que a matemática dizia que deviam estar a pelo menos quinze quilômetros dali. E em segurança.

Enquanto pensava se seu sistema de detonação funcionaria, e pensava qual seria o resultado das apostas no escritório: em que os físicos tentavam adivinhar o resultado do teste, entre as possibilidades de um fracasso total e de uma explosão que pusesse em combustão todo o nitrogênio da atmosfera, destruindo toda a vida do planeta.

Enquanto cientistas do Exército calculavam quantas pessoas morreriam, dependendo dos vários resultados do teste da manhã seguinte.

Enquanto Truman e Churchill esperavam que aquilo pelo menos fosse grande o suficiente para pôr um fim naquela confusão toda.

Era só um cara. Numa caixa. Com uma bomba.

Em solteiro, Weinberg

Permita que eu apresente Ethan Weinberg. E o dr. Clifford Weyman. E Royal St. Cyr. E Rodney Weyman. E C. Sterling Weyman.

Mas primeiro permita que eu apresente Stanley Clifford Weyman, setenta anos de idade, empregado da recepção do Dunwoodie Motel, em Yonkers. No meio da noite, no dia 27 de agosto de 1960. Pouco antes de entrarem os dois pistoleiros.

Ele estava trabalhando no turno da madrugada naquele hotel fazia um ano. O que já era mais tempo do que tinha passado em qualquer um dos empregos que teve na vida.

Ele gostava dali. Gostava do horário, da tranquilidade. Tinha tempo para pensar. E para se lembrar das pessoas que conhecera na vida. E das pessoas que tinha sido.

Stanley Clifford Weyman foi registrado como Stephen Jacob Weinberg em 1890, no Brooklyn. Seus pais o encorajaram a sonhar alto. Mas não tinham dinheiro para mandar o menino para as escolas que teria que frequentar, se quisesse realizar seu sonho mais precioso, que incluía aventuras transatlânticas e banquetes luxuosos, na carreira de diplomata. Então, ao se formar no ensino médio, Stephen Weinberg arrumou um emprego como assistente de um fotógrafo de retratos em Manhattan. Um lugar com uma clientela de elite.

Os homens que iam posar naquele estúdio não eram os Rockefeller ou os Astor, não eram os homens que estavam no topo das pirâmides do capital e do governo e das empreiteiras. Eram os homens que mantinham de pé essas pirâmides.

E enquanto Stephen ajeitava uma dragona desalinhada num uniforme de gala, aplicava pó de arroz para conter um brilho indesejado, ele ouvia. Ouvia aqueles adidos, vice-presidentes, assistentes disso, delegados daquilo... e graças à gabolice e à tendência daqueles homens de citar nomes importantes, Stephen teve um relance de um mundo de poder que nunca tinha conhecido. Ele montou um esquema do real funcionamento do mundo. E estudou seus títulos e acessórios, dominou sua linguagem corporal e suas frases espirituosas.

E então ele empregou bem sua formação.

A festa do vigésimo terceiro aniversário de Stephen Jacob Weinberg foi prestigiada por mais de setenta e cinco dos nova-iorquinos mais pomposos do momento. Eles chegaram usando cartolas e fraques, pérolas e plumas de pavão. Beliscaram aperitivos enquanto ouviam discursos de outros luminares, inclusive um juiz da Suprema Corte do estado de Nova York, que em seu brinde desejou *bon voyage* ao homenageado da noite: S. Clifford Weinberg, o recém-nomeado cônsul-geral dos Estados Unidos da América na Argélia.

Foi uma noite inesquecível. Uma noite que ele gostaria de relembrar. Cinquenta anos depois, às duas e meia da manhã, na recepção de um hotelzinho de nível mediano, na estrada 9.

E ninguém teria desmentido sua complexa invenção lá nos anos 1910.

Só que uma semana depois, o juiz da Suprema Corte, que como todos os convidados tinha sido enganado pelo convite forjado de Stephen e levado a alugar um smoking... o juiz tinha ficado tão encantado pelos modos graciosos do pseudocônsul-geral, por sua aparência juvenil, que o convidou para um almoço no tribunal.

Só que, por coincidência, ele também convidou o chefe de Stephen. Para tirar uma foto e registrar a visita.

Embora o incidente tenha jogado Weinberg num hospital psiquiátrico por seis meses, ele lhe ensinou duas coisas: uma era que se você tivesse a aparência certa, e a convicção necessária, e olhasse as pessoas nos olhos e lhes dissesse que era alguém que na verdade não era, elas iam acreditar; e a outra... era que fazer isso era extremamente divertido.

E assim, em 1960, fechando o caixa noturno do Dunwoodie Motel, ele podia fazer a contabilidade de como tinha vivido seus setenta anos.

Do dia em que contou aos médicos do sanatório que não queria mais saber das imposturas, e eles recomendaram sua liberdade condicional. Dos dois anos e meio que passou numa prisão no norte do estado, por não ter cumprido os termos da condicional. E das noites todas, durante esses dois anos e meio, em que pensava naquela noite especial, no seu aniversário de vinte e três anos, e no banquete, e nos brindes, e no fato de que toda noite devia ser como aquela.

Stanley Clifford Weyman foi o nome que ele escolheu para sua vida de trabalho, para o cotidiano. O nome ao qual ele respondia, enquanto tramava suas identidades mais grandiosas. Era o nome que ele usava na lista telefônica. O nome que os repórteres usavam quando ligavam para pedir seus comentários depois de algum de seus muitos planos complexos ter sido derrubado. E ele não se incomodava de conversar com eles.

Não se incomodava de lhes falar do dia em que declarou ser o cônsul-geral da Romênia, de como alugou um barco, encostou no navio porta-bandeira da Marinha americana, e pediu permissão para embarcar, e de como passou o dia visitando o navio, ao lado de um almirante, que estava tão satisfeito com a visita do dignitário estrangeiro que ordenou uma salva de vinte e um tiros em sua homenagem.

Ele não se incomodava de lhes falar do dia em que leu nos jornais que a princesa do Afeganistão estava na cidade. E de como ele apareceu na porta do quarto dela e declarou ser um empregado do Departamento de Estado, e aí a levou a Washington e a apresentou ao presidente Harding.

Em 1926 uma funerária de Nova York virou o centro do mundo por uma semana, enquanto se preparava para o enterro de Rodolfo Valentino, o maior astro do cinema no mundo. E Stanley Weyman estava no centro de tudo aquilo, se fazendo passar pelo relações-públicas de Valentino.

Ele coordenou o enterro. E ao mesmo tempo convenceu Pola Negri, uma estrela do cinema mudo, a contratá-lo como médico pessoal. Mesmo quando a imprensa percebeu que o tal relações-públicas era o mesmo sujeito que se dizia médico pessoal, e que os dois eram o mesmo cara do Brooklyn que vivia passando a perna em todo mundo, Pola Negri o defendeu. Ela disse que nunca teve assistência médica de tanta qualidade.

Ele não se incomodava de dizer aos repórteres como tinha encenado um golpe depois do outro, ano após ano.

Claro que acabou várias vezes na prisão por conta disso, mas um dia ele saía. Seis meses aqui. Um ano e meio ali. Ele dizia aos jornais que era um rapaz americano, imbuído do espírito empreendedor. A vida de um homem é tediosa, ele disse: eu vivi muitas vidas; eu nunca fico entediado.

E as pessoas que liam a respeito daquelas vidas o adoravam. Adoravam como esse sujeitinho normal do Brooklyn vivia "empreendendo" e se dando bem. Adoravam Stanley Clifford Weyman, fingidor serial. Pelo menos até ele ser pego ensinando outras pessoas a passar por loucas para escaparem da Segunda Guerra Mundial. Dessa ninguém gostou muito.

E quando voltaram a ler a respeito dele, uma década depois, em julgamento por ter tomado um empréstimo dando como garantia uma casa que não existia... isso lhes pareceu não estar à altura dele. Ele não conseguiu nem convencer o juiz de que estava louco.

Outros homens estavam começando a viver suas aposentadorias. E ele começava mais uma pena na prisão.

Isso foi em 1955. Cinco anos antes daquela noite de agosto no Dunwoodie Motel. Aonde tinha ido em busca de paz e tranquilidade, e de tempo para pensar no que ficou para trás.

E, pensando no passado, pode ser que as melhores noites não tenham sido as que o puseram nos jornais. Porque houve momentos como aquela noite perfeita de verão, quando ele inventou mais um nome, e conseguiu toda uma escolta policial, e foi pegar um amigo na estação ferroviária, e eles percorreram toda a cidade numa Mercedes conversível, sem parar num único sinal vermelho. E houve a noite daquele dia em que ele conheceu uma moça bonita num passeio no Prospect Park, quando ele a deixou deslumbrada com sua farda naval e com suas histórias de aventuras em alto-mar. Aquela noite em que ele se virou para ela e admitiu que nada do que estava dizendo era verdade, que ele era só um sujeitinho do Brooklyn, sem emprego e sem grana. Que nunca viajou. Ou a noite, poucas semanas depois, em que eles se casaram. Ou todas as noites durante os próximos quarenta e cinco anos, em que ele e sua esposa vestiam suas melhores roupas, fingiam ser pessoas que não eram, e comiam e dançavam nas melhores casas da cidade.

Eram essas as noites que davam sentido a toda aquela história. A toda essa trama alucinada. A todos esses personagens que ele vinha inventando fazia cinquenta anos, e a todas as aventuras que viveu, enquanto fingia ser alguém que vivia aventuras.

Sim. A vida de um homem é tediosa. Ele tinha vivido muitas. Ele nunca ficava entediado.

Isso ele podia lhes dizer, ali na recepção do Dunwoodie Motel, quando pela porta da frente entraram dois assaltantes de armas na mão, e gritaram para aquele homem de setenta anos entregar o dinheiro do caixa, e supuseram que um homem de setenta anos ia simplesmente entregar o dinheiro do caixa. Porque isso é o que qualquer homem de setenta anos faria.

Stanley Clifford Weyman morreu no dia 27 de agosto de 1960.

Quando jogou a gaveta do caixa no chão e saltou sobre o balcão, e correu direto para cima de dois homens armados, que o mataram a tiros antes de darem as costas e fugirem. O que é exatamente o que qualquer um dos homens que ele foi na vida teria feito em seu lugar.

Gigante

Ela pisou pela primeira vez num lugar chamado América em 1795.

Isso nós sabemos. Está registrado nos documentos de um navio chamado *America*. Que partiu de Calcutá dois meses antes.

E sabemos que o capitão do navio pagou quatrocentos e cinquenta dólares por ela. O que era um grande investimento. Acrescente a essa cifra o custo da comida e da perda de receita graças ao espaço que podia ser ocupado por barris de especiarias e rolos de tecidos. E bens não perecíveis. Em vez de ser usado para transportar um elefante vivo.

O capitão tinha grandes planos para ela. Isso nós sabemos graças às cartas que escreveu a seus quatro irmãos. Ele achava que as pessoas iam ficar loucas quando vissem um elefante nos Estados Unidos. Porque nunca houve um elefante nos Estados Unidos. Nunca um único elefante em toda a América do Norte.

Ele imaginou que isso tinha que ter mais valor que um caixote de chá darjeeling ou de cardamomo. Ele apostava que conseguiria transformar seus quatrocentos e cinquenta dólares em, quem sabe, cinco mil, fácil.

Isso nós não sabemos se ele conseguiu.

Depois de um tempo a elefanta some do registro histórico. A imprensa nos diz que ela atraiu multidões em Nova York, logo depois de o *America* ter chegado à América. Ela ficou amarrada a uma estaca na esquina da Broadway com a Beaver, no centro. E as pessoas pagavam para vê-la ali parada.

E nós sabemos que o capitão a levou para o sul quando o inverno chegou. Para afastá-la do frio do inverno. As Carolinas eram a melhor versão da Índia que ele podia oferecer.

Depois disso nós não sabemos ao certo o que acontece com ela durante algum tempo. Mas sabemos a respeito de Hachaliah Bailey.

A família de Hachaliah Bailey tinha uma fazenda no que hoje é uma cidade-dormitório. A pouco mais de uma hora de Manhattan na linha norte dos trens. Com trinta e poucos anos, Hachaliah trabalhava como peão, levando gado até a cidade. Ou até o que existia da cidade, naquele início do século XIX.

Era uma viagem mais longa naqueles dias. E num dado momento, durante alguma de suas viagens com o gado, Hachaliah ficou encantado com um dos animais que viviam num curral em Manhattan. Falava o tempo todo sobre o animal, quando estava em casa. E ia vê-lo toda vez que estava na cidade.

Não sabemos como ela acabou indo viver com vacas, porcos, ovelhas e cabras, nem quanto tempo estava vivendo ali. Mas sabemos que, em torno de 1807, Hachaliah Bailey comprou uma elefanta indiana por mil dólares. E a levou para casa, para viver numa fazenda em Somers, Nova York.

Ele a chamava de Betty.

Bailey nunca gostou do trabalho na fazenda. As coisas levavam uma eternidade para crescer. Levava uma eternidade para arar um campo com uma junta de mulas. Mas... com um elefante, ele havia de conseguir cortar a eternidade pela metade.

Nós não sabemos se isso deu assim tão certo. O que sabemos, no entanto, é que um elefante indiano no interior dos Estados Unidos atrai multidões, especialmente em 1807. E Hachaliah Bailey logo percebeu que podia ganhar mais dinheiro atraindo multidões que aumentando a produção agrícola com uma maior eficiência, movida a elefante.

Então Hachaliah Bailey e a elefanta que ele agora chamava carinhosamente de Velha Bet caíram na estrada.

Por quase uma década eles andaram pelo nordeste dos Estados Unidos, ocupando praças e celeiros e cobrando para as pessoas verem Bet.

Depois de um tempo Bailey aumentou o grupo e o transformou num circo itinerante de pleno direito, acrescentando um cavalo, um cachorro e um bode. Que todo mundo tinha. Mas um elefante... ninguém tinha um elefante.

E lá estavam fazendeiros e fabricantes de velas e tanoeiros com suas esposas e vizinhos. Pessoas que nunca tinham saído de seus campos ou de suas vilas desde que chegaram como imigrantes. Ou desde que voltaram da guerra. Lá estavam crianças que nunca foram a lugar algum, que nunca viram coisa alguma além do mundo da sua fazenda e da sua vila, e das matas e riachos...

E nesse mundo entra aquela criatura. Naquele mundo entra o mundo.

Nós não sabemos quanto dinheiro Hachaliah Bailey ganhou com a Velha Bet. Sabemos que havia ocasiões em que os dois entravam num vilarejo em que as pessoas nem conseguiam juntar dez dólares numa vaquinha. E elas trocavam ferramentas e bebida por uma espiada no paquiderme. E nós podemos ler, apesar de não sabermos se acreditamos realmente, que a elefanta indiana começou a gostar de rum jamaicano.

Sabemos que Hachaliah Bailey começou a levar a Velha Bet de cidade em cidade, no meio da noite, para que as pessoas pudessem vê-la de graça no caminho. E sabemos que ele teve sucesso, a ponto de vender duas cotas do valor da Velha Bet: cada uma por mil e duzentos dólares. Isso nós sabemos.

E sabemos, e lamentamos informar, que a Velha Bet morreu na cidade de Alfred, no Maine, em 1816. Levou um tiro de um fazendeiro, que achou que era pecado cobrar dinheiro para mostrar um animal.

Claro que não sabemos o que a Velha Bet achava de qualquer uma dessas coisas. Mas há coisas que podemos saber.

Um elefante indiano, na natureza, pode viver até setenta anos. A evolução os tornou animais fundamentalmente sociais. Eles comem, se reproduzem e encontram água, eles protegem seus filhotes, e protegem uns aos outros quando há predadores por perto... tudo isso trabalhando em grupo. Nós sabemos que eles se comunicam através de linguagem corporal, através de líquidos com odores decifráveis que seus corpos secretam, grunhindo e batendo os pés e barrindo e gritando... e emitindo sons em frequências tão baixas que não podem ser ouvidos por humanos. Mas que vibram no chão, podendo ser percebidos por outros elefantes a quase dez quilômetros de distância. Sabemos que sua ordem social, que sua sobrevivência como grupo e como indivíduos depende de sua famosa memória. Pesquisadores viram elefantes reunidos depois de vinte e seis anos sinalizarem que reconhecem um ao outro como membros da mesma família.

E cada um deles pode reconhecer e recordar até duzentos elefantes diferentes.

Então... de qual elefante ela lembrava?

Qual era o elefante que ela procurava entre as vacas e os porcos dos currais de Manhattan? E a qual elefante ela enviava mensagens infrassônicas? Mensagens que se irradiavam pelo granito da Nova Inglaterra... morrendo dez mil quilômetros antes de chegar ao alvo.

E do que ela se lembrava?

Dos porões do navio? Do ar salgado do oceano Índico? Do cabo da Boa Esperança? Da foz do rio Hudson...

Dos dias inumeráveis atada a uma estaca, dos morros verdejantes da Carolina do Norte, dos rostos nas multidões, das noites que passou caminhando sob as estrelas e as luas crescentes e minguantes e sob olmos americanos, rumo a mais um lugar desconhecido...

Sem elefantes.

Excessos e falta

Havia certas manhãs, depois de tempestades de verão ou de ciclones, em que as pessoas acordavam e descobriam que centenas delas tinham vindo parar na praia durante a noite.

Centenas de lagostas que se contorciam e beliscavam. Encalhadas por causa da maré tempestuosa. Centenas delas. Arranhadas e cobertas de areia. Começando a cheirar mal. E as pessoas iam até ali com os primeiros raios do sol, iam até Ogunquit ou Scituate ou Horseneck Beach. E caminhavam em meio à massa ondulante de crustáceos, às vezes em pilhas de mais de meio metro de altura, profundas o suficiente para que essas lagostas de cinco, oito, quinze quilos ficassem tentando pegar o joelho das pessoas enquanto elas tentavam jogá-las de volta ao mar. Antes que apodrecessem. Antes que moscas e gaivotas fizessem a festa ali mesmo na praia.

E se tivessem estômago para isso, elas levavam uma para casa: era o jantar.

Nos primeiros séculos em que europeus brancos viveram na América do Norte, a lagosta, o filé-mignon dos frutos do mar, era comida de camponeses. Elas eram tão abundantes que sempre se podia comer lagosta quando não se tinha nada de melhor na mesa. Elas ficavam acumuladas embaixo dos píeres em Boston. Era só esperar a maré baixar e ir recolher as que ficavam presas nas poças. Ou você podia ficar esperando onde a água era rasa e arpoar uma lagosta de onze quilos.

Mas o que você não podia fazer era servir aquilo num restaurante. Elas eram a comida dos prisioneiros.

Em Plymouth, o governador Bradford registrou sua vergonha quando, depois de um inverno particularmente duro, chegou uma nova leva de peregrinos, e ele só tinha lagostas para servir. Como se aquilo fosse algo que um dia foi (ou talvez nem tenha sido) um esquilo que você achou meio achatado no meio da estrada.

Havia lagostas demais para que elas pudessem ser realmente desejadas. A escassez cria o valor. E ninguém podia ganhar dinheiro vendendo alguma coisa que você podia simplesmente ir pegar sozinho. Mas aí as pessoas criaram maneiras de levar as lagostas até lugares onde não se podia simplesmente ir pegá-las.

E as coisas mudaram para a lagosta.

Em 1810 um francês inventou a lata de folha de estanho. Algumas décadas depois os habitantes do Maine deram uso ao invento. Eles pescavam centenas de milhares de lagostas e aí as enviavam, quilo por quilo, enlatadas, aos cantos desprovidos de lagostas neste mundo.

E aquilo não tinha um gosto muito bom.

A lagosta do Maine, salgada e enegrecida, era pouco mais do que proteína pura para dar energia a mineiros na Sierra Nevada e a lenhadores nos Camarões. Mas nos anos 1870 já se enviavam lagostas vivas. Lagostas que de fato tinham um gosto bom. Longe do mar. Que chegavam de trem.

E logo palácios das lagostas, grandiosos restaurantes dedicados a essa estranha novidade da Nova Inglaterra, começaram a surgir em Chicago e Saint Louis. E os mais elegantes habitantes do Meio-Oeste, reis dos currais que estavam cansados de bife, vendedores de peles que sentiam o gosto do futuro e sabiam que ele tinha carapaça... todos exibiam seu status social comendo crustáceos. Porque uma comida que tinha chegado da beira do mar da Nova Inglaterra até a beira dos

Grandes Lagos não podia ser comida de camponeses. Não com aquele preço, pelo menos.

E a lagosta, como nós a conhecemos dos cardápios modernos, então nasceu.

Mas as lagostas que eles conheciam, e a que os povos do litoral conheciam há milênios, estavam de saída.

Em 1885 a indústria pesqueira dos Estados Unidos tirou setenta e cinco mil toneladas de lagostas do oceano. Em 1919 a tonelagem era de quinze mil. A população tinha diminuído drasticamente com o peso de trinta anos de farra, de excessos, de guardanapos atados no pescoço e de manteiga derretida.

Veja bem. Não se trata de uma história de extinção, propriamente dita. Não se trata da história do último pombo-passageiro dos Estados Unidos, ou da última árvore da ilha de Páscoa. Porque ainda existem lagostas, montes de lagostas. Mas não mais as lagostas daqueles tempos.

A maior das companhias enlatadoras dos anos 1880 tinha por política jamais usar uma lagosta que tivesse menos de três quilos.

Três quilos.

Menos de um quilo já caracterizava uma lagosta que não era considerada própria para consumo humano.

Um maître do Palm Restaurant, na cidade de Washington, me diz que a maior lagosta do tanque da casa, naquele momento, tem três quilos. E custa cento e quarenta dólares. O National Fishery Institute me diz que o tamanho mais popular nos restaurantes americanos hoje é de quinhentos e cinquenta gramas.

Uma lagosta leva até sete anos para atingir meio quilo.

Então. Até há uns anos havia uma lagosta chamada Golias num tanque de um bar de esportes em Taunton, Massachusetts. Tinha dez quilos. No intervalo do Super Bowl de 2008, uma mulher de trinta e cinco anos de idade, de Medway, ganhou Golias numa rifa.

E não comeu.

Ela o enrolou em toalhas encharcadas de água fria e salgada. E dirigiu por uma hora na estrada 24, até Boston, onde o entregou ao New England Aquarium. Duas semanas depois ele estava num voo rumo a Montréal: um aquário de lá queria ter sua própria lagosta gigante.

Uma lagosta de dez quilos é tão rara que as pessoas moveram mundos e fundos, ou pelo menos empregaram os recursos de dois aquários, uma companhia aérea e vários funcionários de aduana para garantir o traslado seguro do tipo de crustáceo cujo tamanho, durante a maior parte da história da humanidade, não causaria nenhuma reação.

Os biólogos do aquário dizem que ele se adaptou bem à vida no tanque. No tanque em que, em teoria, pode ainda viver por décadas e décadas. A salvo de redes e armadilhas.

Pois na verdade ninguém sabe quanto uma lagosta pode viver.

E ninguém sabe que tamanho elas podem atingir. Só sabemos que hoje em dia elas não têm mais essa oportunidade.

Bet, a Louca

Os guardas costumavam revirar os olhos quando deixavam aquela mulher esquisita passar pelos portões da prisão de Libby.

Elisabeth Van Lew já estava habituada com coisas assim. Desde a infância, passada em Richmond, Virginia, muito antes de a cidade se tornar a capital dos confederados, em 1861, as pessoas a chamavam de "estranha". Pudera: sempre tão teimosa e tão opiniática para uma menina...

E quando estava em idade de casar, apesar de ser filha de um negociante endinheirado, que deveria herdar uma mansão no centro da cidade e uma fazenda nas proximidades, muito poucos cavalheiros começaram a se apresentar. Parece que sua reputação os mantinha afastados. E quando ela estava com vinte e cinco anos e seu pai morreu, essa mulher estranha e determinada fez algo que confirmou para toda a sociedade de Richmond que, de fato, ela era meio doida.

Ela libertou seus escravos.

E durante os dezoito anos seguintes, enquanto o país trilhava o caminho que levaria à Guerra Civil, Elizabeth Van Lew foi a vizinha que os cidadãos de Richmond atravessariam a rua para evitar.

Era a solteirona estranha que morava numa mansão caindo aos pedaços. Sozinha, sem contar os criados negros. Que ela *pagava*.

Os primeiros soldados da União, prisioneiros de guerra, começaram a aparecer na prisão de Libby no fim da primavera de 1861. Logo depois do início da guerra. E Elizabeth Van Lew também começou a aparecer por lá. Ela era inofensiva.

Ela era aquela mulher que eles tinham crescido chamando de Bet, a Louca.

Ultimamente ela vinha sendo lembrada como a mulher que não participou do desfile à luz de velas em apoio aos soldados confederados. Como a mulher que ficava falando de suas ridículas políticas pró-União, quando outros cantavam os louvores do novo presidente da nova nação. A bem da verdade, já bastava o fato de ela ser aquela mulher que falava de política.

Só podia ser louca.

E, à medida que a guerra avançava, ela foi parecendo cada vez mais louca. Parou de pentear o cabelo, não se dava ao trabalho de remendar as roupas, falava sozinha o tempo todo, tecia enquanto andava pela rua. E os guardas riam. Eles a chamavam de Bet, a Louca, na cara dela.

E eles a deixavam passar pelos portões.

No último dia de fevereiro de 1864, três anos de guerra, as tropas da União estavam prestes a atacar Richmond. Quinhentos soldados, comandados por um coronel de uma perna só chamado Ulric Dahlgren, atacaram para libertar seus compatriotas trancafiados na prisão de Libby.

Mas o ataque fracassou. Os soldados calcularam mal a profundidade de um rio e tiveram dificuldade para atravessar com os cavalos. Os homens de Dahlgren tiveram que recuar. Mas Dahlgren não conseguiu voltar com eles. Foi morto por uma bala confederada. Todos os seus bens de valor foram expoliados do seu cadáver: sua aliança, o dedo que usava a aliança... e sua perna de pau.

O presidente Davis determinou que seu corpo fosse enterrado em plena noite. Numa cova não identificada, alguns dias depois.

O que era ruim para eles. E Davis sabia. Então mais tarde, quando o pai de Dahlgren, que era ele próprio almirante da

Marinha dos Estados Unidos, enviou uma carta pessoal que lhe pedia que o corpo do filho fosse localizado e devolvido, o presidente concordou.

Mas quando os soldados que enviara para exumar o cadáver de Dahlgren abriram seu caixão, ele estava vazio.

Tudo aquilo era misterioso.

Não só o caso do coronel ausente.

Algo estava acontecendo na prisão. Houvera uma fuga recentemente. Alguns prisioneiros, uns sessenta, fugiram por um túnel. E sumiram. E aí havia o caso do próprio ataque. Por que se dar ao trabalho de atacar a prisão? Não faltavam alvos na cidade. E por que naquela noite?

Seria coincidência ser exatamente a noite em que os guardas transferiam milhares de prisioneiros para outro presídio, mais ao sul?

Será que os ianques estavam sabendo de alguma coisa?

E aí alguém levantou uma suspeita. Bet, a Louca, estava todo dia na prisão. Tudo bem que ela era maluca, e vivia falando sozinha, mas o fato é que ela vivia falando sozinha sobre a derrubada da Confederação. Talvez a gente devesse dar uma verificada nisso aí.

Soldados foram bater à porta de Elizabeth Van Lew. Ela os recebeu, deixou que revistassem a casa. E eles não encontraram nada. Era só uma mansão antiga, muito empoeirada. Com pilhas de livros junto às portas. E eles resmungaram e se foram, sacudindo a cabeça, incrédulos diante das esquisitices da solteirona.

Um ano depois, em abril de 1865, a capital estava caindo.

Os homens de Robert E. Lee não conseguiam mais defender a cidade. Incêndios e pânico se espalhavam pela cidade. Bombas explodiam dia e noite. Soldados da União derrubaram as portas da prisão de Libby.

E uma vez mais veio gente bater à porta da casa de Elizabeth Van Lew.

E com raiva. Porque em cima de sua casa, pela primeira vez em qualquer lugar da cidade de Richmond, nos quatro anos que durava a guerra, estava uma bandeira americana.

E os vizinhos de Elizabeth foram queimar a bandeira. E também queimar sua casa, só para não perder a viagem.

Mas Bet, a Louca, abriu a porta. Com olhos arregalados, rindo, e apontando para cada um deles. Chamando a todos pelo nome. Disse que estava fazendo uma lista que daria ao general Grant quando ele chegasse à cidade, para ter certeza de que os soldados da União incendiariam a casa de cada um deles, se colocassem um dedo na sua.

E a multidão se afastou da porta de sua casa.

Porque ela era bem capaz de uma coisa dessas. Não era à toa que seu nome era Bet, a Louca.

Richmond caiu logo depois disso. Veio outra batida na porta da casa de Elizabeth Van Lew. E Elizabeth Van Lew, cabelo alinhado, roupas em ordem, agindo de maneira alguma como uma maluca, abriu a porta e convidou Ulysses S. Grant para entrar e tomar um chá.

E os dois, o futuro presidente e a doida do bairro, conversaram sobre política e trocaram histórias de guerra o dia inteiro.

As dele eram histórias de quatro anos de sangue e coragem em campos de batalha em Shiloh e Vicksburg, Cold Harbor, Spotsylvania Court House. As dela eram histórias de espiã: de quatro anos se fazendo de louca, quando na verdade estava recolhendo informação, que então difundia graças a uma rede de agentes, que na sua maioria trabalhavam bem ali, na sua casa: seus antigos escravos.

Ela contou que emprestava livros para recém-chegados à prisão de Libby e lhes ensinava um código que tinha desenvolvido. E eles devolviam os livros, marcando mensagens com minúsculos furos de alfinete. E Elizabeth passava o livro para um de seus empregados na mansão, na cidade, que passava o livro para um de seus empregados na fazenda, no interior, que o passava para um general da União, nos campos de batalha.

Contou que entreouviu o plano de enterrar o coronel Dahlgren numa cova não marcada, e que mandou um de seus empregados marcar a cova e voltar depois para exumar o corpo e transferi-lo para um caixão de metal para que pudesse ser novamente enterrado em sua fazenda. Para poder receber o funeral de herói, depois da guerra.

Ela contou tudo.

E ele adorou.

Depois da guerra, quando estava na presidência, ele lhe agradeceu pelos serviços prestados. Ela recebeu uma pensão militar. E ele confiou a ela a administração do Correio de Richmond. Afinal de contas, ela era boa em entregar mensagens.

Ela nunca foi popular em Richmond. Apesar de continuar morando ali depois de se aposentar. Até morrer em 1900. Só ela e uma sobrinha solteira.

E quarenta gatos.

A velha louca da esquina.

Mary, Mary e Mercy

Sua esposa foi a primeira a morrer.

Ela estava com trinta e cinco anos. Era o ano de 1883. E com isso George Brown ficou viúvo, aos quarenta e um, com cinco filhos e uma fazendinha que ele abriu no meio do mato em Exeter, Rhode Island.

Seis meses depois sua filha mais velha, que se chamava Mary, como a mãe, começou a tossir, como a mãe. E morreu.

Sete anos depois o único filho homem de George, Edwin, começou a tossir, como Mary, sua mãe, como Mary, sua irmã. Edwin resistiu. Embora parecesse que a cada noite sua vida se esvaía um pouco mais.

E então chegou a vez de Mercy, linda, aos dezenove anos de idade.

Com ela foi rápido. E a menina foi enterrada na terra congelada de uma manhã de janeiro no cemiteriozinho que ficava na colina.

E George Brown voltou naquela noite para casa, para a velha casa de fazenda no meio da mata, morrendo de medo de que a mesma coisa que veio buscar Mary, sua esposa, e Mary, sua filha, e Mercy, sua filha... a coisa que ainda ameaçava seu único filho, viesse em busca das duas filhas que ainda lhe restavam.

E seus vizinhos estavam pura e simplesmente em pânico. Vieram um dia cedo contar a verdade a George Brown quanto ao motivo das mortes em sua família. Os cidadãos de bem de Exeter sabiam por que famílias inteiras às vezes se consumiam.

Uma morte era fruto do acaso. Trágica.

A segunda...

Uma terceira...

O sobrenatural.

Disseram a George Brown que um dos membros de sua família, sua esposa adorada, suas filhas... que uma delas estava se erguendo dentre os mortos e entrando em sua casa enquanto ele dormia e lentamente drenando a vida de seus filhos.

Uma delas: Mary, Mary ou Mercy era uma vampira. E só havia uma maneira de saber qual delas. E só uma maneira de salvar seu filho. E manter vivas as duas filhas.

Mas não existem vampiros.

E eu lamento muito se isso estraga o suspense. E isso é uma história de Dia das Bruxas e talvez eu devesse simplesmente deixar as coisas se prolongarem mais um pouco, insinuando a ideia de que há um vampiro na história.

Mas não existem vampiros. Nem nessa história nem no nosso mundo.

Existe apenas George Brown. Cuja esposa morreu de tuberculose, um ano depois de um médico em Berlim descobrir que a doença era causada por uma bactéria e descrever formas de evitar que a doença se espalhasse.

Mas a notícia de suas descobertas ainda não tinha chegado até Exeter, Rhode Island.

Então existe George Brown. Que perdeu esposa e filha. E então depois de sete anos de paz seu filho tem a mesma doença. E então sua filha de dezenove anos pega a doença. E morre. Em questão de meses. E então seus vizinhos vêm lhe dizer que uma dessas pessoas que ele amava, que uma de suas meninas, é um vampiro.

E George Brown, em 1893, um ano dos tempos modernos, sete anos antes do início do século XX, o ano em que se fundaram os primeiros estúdios de cinema, o ano em que o basquete foi inventado... o ano em que a G&E e o Sierra Club e até a Abercrombie & Fitch são fundados... George Brown e seus vizinhos vão até o cemitério na colina e exumam os corpos de suas Mary, Mary e Mercy.

E Mercy, que tinha morrido apenas seis meses antes, sendo enterrada na terra congelada, ainda tinha sangue quente no coração. Coisa que eles ficaram sabendo porque arrancaram seu coração do peito.

E esse fato os convenceu de que Mercy era a vampira.

Então queimaram o corpo da filha de George Brown. E com suas cinzas fizeram um chá. E fizeram seu único filho homem beber o chá. Para que ficasse protegido do mal que estava lhe tirando a vida.

Mesmo assim ele morreu dois meses depois.

Porque beber um chá feito com o cadáver desenterrado de sua irmã não cura a tuberculose. E queimar o corpo de Mercy Brown também não protegeu as outras filhas de George Brown. Ainda que, mesmo assim, tenham sido poupadas.

E George Brown ganhou alguma misericórdia na vida. Pelo menos essa.

Uma caixa

Imagine uma caixa.

É de madeira. Talvez pinho. Mas simples. Pouco menos de um metro de comprimento, pouco mais de meio metro de largura. Cerca de setenta e cinco centímetros de profundidade. E aberta em cima.

Agora imagine que você está entrando nessa caixa. Sente. Sinta a madeira nas costas. Passe os dedos pela superfície áspera das tábuas. Talvez você tenha que segurar os joelhos contra o peito só para caber ali.

Imagine alguém fechando a caixa. Com pregos. Imagine o escuro.

Imagine um homem. Pouco mais de um metro e setenta, mas grande. Peito largo. Quase noventa quilos. Seu cabelo está dividido e forma uma onda grossa. Como Frederick Douglass quando jovem.* Ele tem a mão enfaixada.

Esse homem é Henry Brown.

Nasceu em servidão, em 1850. Numa fazenda da Virginia que pertencia a um homem que tratava Henry e sua família com cordialidade.

O que é um termo relativo.

Eles não apanhavam. Comiam bem, eram bem vestidos e bem abrigados. Mas desde menino Henry Brown sabia que isso não bastava. Porque sentia que o amor e a amizade eram

* Escritor e abolicionista (1818-95). (N. E.)

as coisas mais importantes da vida. E sabia que, se você não era livre, essas coisas podiam ser tiradas, a qualquer momento.

E, quando ele chegou à juventude, elas foram tiradas.

Quando o homem que era dono dele e de sua família morreu e seus bens foram distribuídos entre seus quatro filhos, e Henry Brown, e sua mãe e pai, e suas irmãs e irmãos estavam entre esses bens.

Henry Brown foi trabalhar em Richmond, numa fábrica que pertencia ao filho do homem. Cumpria turnos de catorze, dezesseis horas. Enfeixando e encaixotando as folhas de tabaco que tinham sido limpas e separadas das sementes por mulheres, por crianças. O capataz da fábrica surrava os escravos; ele atou um homem febril a um pelourinho no depósito, como uma lição: para mostrar aos outros o que aconteceria se tentassem faltar ao trabalho com a desculpa de que estavam doentes.

Mas esse homem era melhor. Era menos cruel que muitos homens em sua posição. Melhor, Henry tinha ouvido dizer em boatos, em sussurros, que o homem que agora era dono de seus pais e de seus irmãos e irmãs.

Mas ele jamais teria como saber. Porque jamais veria de novo a família que amava.

E assim, quando Henry Brown se apaixonou por uma escrava chamada Nancy, ele foi até seu dono e disse que queria se casar com Nancy. Disse que queria começar uma família com Nancy. Mas precisava saber... precisava que o homem lhe desse sua palavra de que eles não seriam separados, que ela não seria vendida.

Ele disse que trabalharia a vida inteira para esse homem, nunca reclamaria, nunca tentaria fugir, se o homem pudesse lhe fazer essa promessa.

O homem lhe deu sua palavra. E lhe deu sua bênção. E Henry Brown e Nancy Brown começaram uma família. Tiveram três filhos em três anos. E Henry Brown teve a felicidade que nem poderia esperar ter.

E então o homem que era seu dono mudou de ideia.

Nancy estava engravidando demais, estava perdendo muitos dias de trabalho. Então ele vendeu Nancy e seus filhos.

Henry Brown estava no trabalho quando descobriu. Sua família já tinha sido tirada de casa. E assim Henry Brown fez a única coisa que um homem nessa situação pode fazer: terminou seu turno.

E quando acabou, e quando recebeu permissão para sair dali, saiu correndo da fábrica para as ruas de Richmond com os últimos raios do sol, até uma esquina onde havia um grande grupo de escravos, onde eles sempre ficavam, quando seus amigos e sua família eram arrancados deles.

E Henry Brown chegou ali a tempo de ver de relance seu filho mais velho numa carroça que seguia para a Carolina do Norte. E nas fileiras de pessoas que seguiam atrás da carroça, homens e mulheres, crianças mais velhas, às dezenas, arrastando pés pesados pelas pedras do pavimento... ali ele viu Nancy, com uma corda no pescoço, grilhões de ferro nos pulsos.

E correu até ela.

E meteu a mão entre suas mãos presas.

E entrelaçou seus dedos aos dela.

E caminhou com ela, num lento desfile, por sete quilômetros.

E depois ficou vendo enquanto ela sumia noite adentro.

E Henry Brown jurou que essa não seria a última vez que a veria.

Encontrou um homem chamado Smith, que conhecia outro homem chamado Smith, que conhecia homens no Norte que ajudariam Henry Brown. Se ele conseguisse dar algum jeito de fugir para a Filadélfia...

Imagine uma caixa. Pouco menos de um metro de comprimento, pouco mais de meio metro de largura, cerca de setenta e cinco centímetros de profundidade. No meio do piso de uma sapataria de um homem chamado Smith.

Agora imagine Henry Brown, um metro e setenta, noventa quilos, entrando naquela caixa. Sua mão está enfaixada porque a única forma de escapar do serviço por um tempo que permitisse no mínimo uma tentativa de fuga era estar ferido.

Então ele meteu o dedo no ácido sulfúrico. Até o ácido comer a carne até o osso. E o deixaram ficar um dia em casa.

Imagine Henry Brown sentado no fundo da caixa, puxando os joelhos para o peito e se inclinando para a frente, enroscando-se para poder caber ali, enquanto o homem chamado Smith fechava a tampa da caixa, com pregos... e tudo fica escuro.

Imagine esse homem chamado Smith, branco, menos de um metro e meio de altura, levando a caixa num carrinho até a agência de transporte. Sussurrando para Brown ficar quieto. Dizendo ao funcionário que essa simples caixa de madeira com um aviso que dizia "este lado para cima" continha sapatos e coisas frágeis. E pedindo que o homem tomasse cuidado, porque muita coisa pode acontecer com o conteúdo de uma caixa que tem que viajar quase quatrocentos quilômetros, de carroça, locomotiva e vapor.

Agora imagine essa caixa. E o homem dentro dela, enquanto seguia nessa viagem. Vinte e sete horas.

Imagine Henry Brown ali dentro enquanto sentia que era erguido do chão, enquanto torcia para continuar de cabeça para cima, enquanto torcia para que nada na carroça tapasse os buracos de ventilação.

Imagine seu alívio quando eles continuaram abertos.

E imagine o momento em que a caixa foi jogada num vagão de trem. E quando foi transferida para um vapor. E posta de cabeça para baixo. E ele passou duas horas invertido, com medo de que os olhos explodissem nas órbitas. Com a certeza de que iria morrer, mas impossibilitado de gritar, porque havia homens sentados na caixa, à toa, bebendo cerveja.

E então imagine a caixa sendo aberta. Numa sala de estar elegante da Filadélfia. E Henry Brown saindo da caixa. Livre.

A história correu. Não é possível que um homem escape da escravidão se enviando pelo correio e que a história não circule. Sua fuga foi comemorada por abolicionistas em todo o Norte do país.

Sua biografia saiu em setembro de 1849, apenas quatro meses depois de ele ter saído da caixa. E Henry Brown virou Henry Box Brown. E era bom nesse papel. Tinha uma grande história para contar. E contava bem.

Em todo o Nordeste dos Estados Unidos as pessoas pagavam para ouvir Henry Brown contar a história e falar de seu plano de um dia ter dinheiro suficiente para comprar a liberdade da esposa e dos filhos, para reunir a família no Norte.

Mas no ano seguinte as coisas tinham mudado. O homem chamado Smith foi preso por tentar enviar outros escravos para o Norte. E o próprio Frederick Douglass estava culpando Henry Brown, dizendo que sua fama tinha feito mal à causa da liberdade, e cortado uma rota de fuga.

Henry Brown quase morreu depois de tomar uma surra quando ia dar uma palestra em Providence.

E então o Congresso aprovou o Decreto dos Escravos Fugidos, e Brown era não apenas um escravo em fuga, que podia ser sequestrado legalmente, e levado de volta a seu dono na Virginia, era um escravo fugido famoso.

Então ele foi para a Inglaterra. Onde as coisas seriam diferentes. E seguras. Prometendo um dia voltar. Para libertar a família.

E as coisas foram diferentes na Inglaterra.

Ele chegou no outono de 1850, e descobriu que já era conhecido. Aquele país, que tinha proibido a escravidão em todas as suas colônias dezessete anos antes, era fascinado pela escravidão em suas antigas colônias. As pessoas faziam fila para ouvir as histórias que tinham conhecido no jornal. Ouvir direto do homem que passou por tudo aquilo.

Ele lotou um mês de apresentações em Liverpool. O homem chamado Smith se juntou a ele, pois tinha evitado a prisão com a ajuda de amigos ricos do Norte. E os dois se apresentaram em salas de concerto em Londres. E em igrejas do interior. E bares na Irlanda. Centenas de apresentações.

O dinheiro correu.

E Smith disse a Brown que era hora de ir embora. Ele tinha dinheiro para comprar a liberdade da esposa e dos filhos... e dos pais... e dos irmãos... várias vezes. Era hora de ir embora. E hora de ser um poderoso símbolo da liberdade: o homem que saiu da caixa.

Mas Henry Brown não quis voltar. Não queria ser um símbolo da liberdade, quando podia simplesmente ser livre. Porque o que acontece quando você abre a caixa, ou sai do fundo da caverna? Ou qualquer que seja a alegoria que você possa querer aplicar a esse homem real, e a sua vida real...

Um homem que nasceu escravo, na terra da liberdade. Que arriscou a vida para ir a um lugar onde não fosse escravo. Mas não estava em segurança. E que então conseguiu chegar a um lugar onde era amado. Um lugar de onde as pessoas que ele um dia tanto amou estavam tão distantes. De todas as maneiras possíveis.

Henry Brown era um homem livre. E tinha a liberdade de escolher. Tinha liberdade para ganhar dinheiro ou cometer erros. E para fazer a vida que conseguisse fazer no tempo que lhe restava.

E assim o homem chamado Smith foi embora, para os Estados Unidos, para ser um homem importante num movimento importante pela liberdade. E Henry Brown ficou, para ser um homem livre.

Henry Brown só voltou aos Estados Unidos em 1875. Dez anos depois de a Guerra Civil ter libertado os escravos sem sua ajuda. Foi acompanhado por sua filha Annie e por uma nova esposa, cujo nome hoje ninguém conhece.

Morreu muitos anos depois. Ninguém sabe quando. E ninguém sabe onde.

Mas nós sabemos que ele se apresentava como mágico. Tinha feito isso por anos a fio, na Inglaterra. Bem depois que a história de Henry Box Brown tinha perdido seu encanto.

Mas a caixa propriamente dita não tinha desaparecido. A mesma caixa de que ele saiu, vinte e seis anos antes, fazia parte de seu espetáculo.

Imagine uma caixa. Uma simples caixa de madeira. Pouco menos de um metro de comprimento, pouco mais de meio metro de largura. Cerca de setenta e cinco centímetros de profundidade. Sob o holofote, no centro do palco, num espetáculo de mágica. Em algum ponto da América...

E imagine um homem. Sessenta e poucos anos. Pouco mais de um metro e setenta mas encurvado, depois de anos de uma vida singular. Seu cabelo ficou branco, como o de Frederick Douglass já velho.

Imagine o homem entrando na caixa. E desaparecendo.

Cinquenta palavras escritas ao saber que a baleia-da-groenlândia pode viver até duzentos anos

Existe uma baleia, agora, que pode ter escapado do arpão de um baleeiro de Nantucket em 1850.

E de um japonês em 1950.

Que um dia ouviu o canto distante de 50 mil irmãs.

Depois poucos milhares.

E centenas.

Mas que agora pode ouvir 25 mil.

Cantando na água aquecida.

Seis níveis de interpretação

Elevadores são uma coisa antiga.

E teriam que ser. Porque é da nossa natureza, certo? Subir...

Então a história, e mesmo a história antiga, está cheia de coisas que erguem coisas. Cordas, plataformas, roldanas e correias. Com gente puxando.

Quando os escravos de Roma eram servidos aos animais selvagens no Coliseu, outros escravos empurravam as engrenagens que tracionavam as cordas que erguiam as plataformas que os mandavam das trevas do subsolo para o sol e os urros da multidão. E dos leões.

Na China, na Hungria, no monte Saint-Michel. Monges, reis, cortesãos, materiais de construção, refeições dignas de rainhas e consortes subiam, enquanto algum escravo, ou servo, ou animal enjaulado em algum lugar puxava uma corda ou empurrava um pedaço de madeira, sem parar.

Um homem na França passou o ano de 1743 dentro de uma chaminé esperando que um sino soasse, para poder puxar uma corda que passava por uma roldana, para içar o rei Luís XV numa cadeira voadora, do chão até a sacada de seus aposentos. Em vez de ele ter que subir um lance de escadas.

Elisha Otis era doente demais para trabalhar com a família. Era um menino de boa aparência, e muito inteligente. Mas era meio fraco.

E aos dezenove anos ele saiu da fazenda da família em Vermont para achar o que fazer da vida. Algo em que não precisasse fazer esforço. Comprar alguma coisa comprada ou processada, processar alguma coisa vendida, comprada ou processada... ou levantar coisas pesadas.

Ele acabou numa fábrica de móveis, onde ele e seus colegas passavam o dia lixando curvas e elementos decorativos em camas. E Otis passava a noite pensando num jeito melhor de fazer aquilo.

Ele inventou uma máquina, uma espécie de torno que acelerava o processo. Ela aumentava a produção e facilitava um pouco o trabalho dos homens. E abria novas e empolgantes possibilidades estéticas para as camas, com cada vez mais elementos decorativos.

E seu chefe ficou tão impressionado que o retirou do chão da fábrica. E o transformou em engenheiro-chefe da Maize & Burns Bed Factory em Yonkers, Nova York. Então Otis pôs mãos à obra, tentando resolver um dos maiores problemas ali.

A fábrica tinha um elevador. Várias fábricas estavam começando a contar com essas máquinas simples. Só imagine uma plataforma que podia ser erguida do chão até um segundo andar por uma corrente ou um conjunto de cabos ou cordas. Às vezes as cordas eram puxadas por uma catraca movida a vapor. Mas a plataforma da Maize & Burns Bed Factory de Yonkers, Nova York, era puxada por um cavalo. E um dia o cavalo está puxando a corda, que por sua vez puxa a plataforma de madeira carregada de madeira e de ferramentas até o segundo andar... e a corda se rompe.

A plataforma despenca, de quase cinco metros de altura, caindo com violência no chão da fábrica... e sobre um dos homens que estavam ali... soltando sua carga, que voa, chocando-se contra os operários que fugiam.

Poucos anos depois, em 1853, Elisha Otis se pôs numa plataforma de madeira. A quase dez metros do chão. O elevador estava carregado de madeiras e barris de ferramentas, exatamente como aquele que caiu em Yonkers. E lá embaixo, no chão, estavam centenas de cavalheiros e damas, que não queriam passar sua noite na cidade sendo esmagados por equipamentos de construção.

Eles tinham ido à exposição do Palácio de Cristal para ver reunidas as maravilhas deste mundo. Uma estrutura gigantesca de aço e vidro tinha nascido em Manhattan, onde hoje fica o Bryant Park.

Era a primeira Feira Mundial dos Estados Unidos.

E Nova York estava em polvorosa. E os cavalheiros e as damas, depois de caminhar pelo jardim de esculturas e pelas galerias de arte, se viram num grande salão, cheio de equipamentos industriais. E enquanto estavam ali parados no salão principal, com o luar entrando pelo teto de vidro, esticando o pescoço para ver Otis e seu elevador flutuando em pleno ar, eles podem não ter sabido que estavam olhando para o futuro.

Porque já tinham visto elevadores antes. E tinham visto um inventor depois do outro aparecer com alguma maneira nova de ir de um andar para o outro. Então era mais um.

É bem verdade que aquele era mais alto dos que os que tinham visto antes. Três andares em vez de dois. Mas nem a pau que aquela novidade ia pegar. Por que quem seria doido a ponto de andar num elevador de três andares?

Uma queda do segundo andar? Seria uma perna quebrada.

Uma queda do terceiro?.... Um pescoço quebrado.

Então eles ficaram olhando Otis, e olhando seu filho, ali ao lado, erguer uma espada e aí descer a lâmina como um carrasco, seccionando a corda que segurava a plataforma.

E a plateia gritou.

E depois aplaudiu.

Elisha Otis não inventou o elevador.

Ele inventou os freios. A pecinha de metal que segura a cabine e detém sua queda quando o cabo que a sustenta... deixa de sustentar.

Elisha Otis não inventou o elevador.

Mas seus filhos meio que inventaram o mundo moderno. Os irmãos Otis convenceram o mundo a querer ir mais alto.

Os prédios mais altos do século XIX, os prédios mais altos fora as igrejas e os faróis, que de qualquer maneira eram só uma exibição de espiras, tinham poucos andares de altura. De um lado esses prédios eram limitados pela falta de competência dos engenheiros, mas de outro eram também limitados pelas escadas. As pessoas não aguentavam subir demais.

Então os irmãos Otis vieram com uma proposta de vendas genial. Quanto mais alto melhor.

Primeiro eles se dirigiram aos hotéis, e os convenceram a virar a ideia de luxo, quase literalmente, de cabeça para baixo. Antes do elevador, os melhores quartos eram os do térreo.

Você não precisava subir.

Escada era coisa de otário.

Mas os irmãos Otis convenceram os hotéis de que devia ser o contrário. O térreo é para o sujeitinho da rua, no meio da multidão, do barulho e do suor da multidão. E os carrinhos de vender fruta parados ao sol.

E, pior, os cavalos.

E as coisas que os cavalos fazem na rua.

Não era verdade que o trono de um rei devia ser mais alto que seus súditos? Um lorde não deveria estar "por cima"? Por que o viajante endinheirado não deveria ficar acima de tudo?

E os hotéis compraram a ideia. E construíram prédios altos. E os viajantes endinheirados gostaram da vista. E quando chegou a hora de construírem seu próximo prédio, eles foram ainda mais alto.

E compraram com a Otis Elevator Company.

Os prédios cresceram.

De três andares para quatro. Para seis. E cresceram também a qualidade e a velocidade dos elevadores. Para deleite dos passageiros, que adoravam a emoção de voar por vinte metros a uma velocidade de cento e oitenta metros por minuto. Até a cobertura.

No sétimo andar.

Mas embora o elevador de segurança de Otis os livrasse do medo de cair para a morte, ele criou uma nova preocupação. Que era sublinhada nos jornais e nas respeitadas páginas da *Scientific American*, que alertava para os horrores de algo chamado de "doença dos elevadores". Tontura forte, náusea... devidas ao fato peculiar de que, quando um elevador para, nem todos os órgãos do passageiro param ao mesmo tempo. Parece que a melhor forma de combater esse problema era empurrar a cabeça contra o teto do elevador quando ele chegava ao destino.

Assim, tudo em você parava ao mesmo tempo.

O escritório central original da Otis Elevator Company na minha cidade natal é um imóvel de um andar. Sempre achei isso meio engraçado.

E em outra Feira Mundial. Chicago, 1893. Uma multidão se reuniu para assistir a uma demonstração do que havia de mais recente em tecnologia de elevadores.

Naquele mesmo ano um prédio de sete andares, em Nova York, tinha se tornado o mais alto do mundo. E fez com que todo arquiteto, e todo ilustrador dos jornais de domingo, passasse a desenhar visões das cidades do futuro. Com torres reluzentes subindo para o céu, pairando a onze e até catorze andares do chão.

E embora as pessoas agora já confiassem nos freios de Otis para quatro ou cinco andares de altura, o que podia acontecer, se alguma coisa viesse a acontecer?

E se você estivesse lá em cima, arranhando o céu?

Então os frequentadores da feira foram até um campo onde outro inventor tinha construído um poço de elevador temporário. Esse tinha mais de trinta metros de altura. E ficaram olhando enquanto passageiros subiam até o alto da estrutura e entravam no elevador. E ficaram olhando enquanto alguém cortava a corda do elevador... e ele caía... despencando por poucos segundos alucinantes. Antes de parar lentamente, amortecido por um bolsão de ar comprimido.

Então a plateia educadamente aplaudiu.

O resultado final nunca tinha estado em grande dúvida. Ainda mais com as maravilhas que os inventores americanos iam criando a cada momento. E, a bem da verdade, eles já tinham visto esse truque em outra Feira Mundial.

Podiam ter ficado mais empolgados, por outro lado, se soubessem que a mesma técnica tinha passado por testes secretos em Boston, não muito antes. E quando a cabine do elevador, com oito voluntários, caiu conforme pré-combinado, a pressão do ar dentro do poço (exatamente o que deveria amortecer a queda da cabine) explodiu as paredes da estrutura. A única coisa que pôde então deter a cabine foi a terra de Massachusetts.

Muitos ossos se partiram. Vidas desfilaram diante dos olhos.

Todos os oito ali dentro estiveram à beira da morte. Coisa que ninguém contou aos oito voluntários que se apresentaram em Chicago.

O Burj Khalifa ergue-se 828 metros acima do deserto de Dubai.

Tem o elevador mais alto e mais rápido de todos os tempos. Um elevador Otis. Ele se desloca a nove metros por segundo, levando o passageiro por 124 andares em cerca de um minuto. A experiência já foi descrita como “levemente empolgante”.

Cobaias

Era uma vez um grupo de moscas-da-fruta.

Elas nasceram, copularam, comeram fruta e morreram. Cerca de trinta dias depois. Como fazem as moscas-da-fruta.

Mas aquele grupo de moscas-da-fruta, aquele grupo em particular, passou um de seus trinta dias (um dia de inverno, em 1947) no espaço. Como as primeiras criaturas da Terra a abandonar a atmosfera.

Era uma vez quatro macacos chamados Albert.

De Albert I a Albert IV. E eles decolaram do deserto do Novo México em quatro foguetes, para ver se humanos poderiam sobreviver a uma viagem ao espaço. Albert I, II e III não viveram o bastante para podermos saber dessa possibilidade. Então cobrimos o quarto Albert de eletrodos e sensores para monitorar sua saúde durante a viagem.

Ele foi muito bem, não sentiu efeitos negativos... até a aterrissagem. Que o matou com o impacto.

Era uma vez um macaco chamado Yorick.

Que subiu a sessenta e nove mil metros de altura. E desceu sessenta e nove mil metros. Pousando delicada e seguramente, de paraquedas. Mas o pobre Yorick não sobreviveu à espera pelo resgate. Uma cápsula de metal esquenta demais sob o sol do deserto.

Era uma vez dois macacos: Mike e Patricia.

Que faziam tudo juntos quando recebiam suas ordens. Inclusive ser enviados para o espaço em maio de 1952. Despertos e desprovidos de peso no nariz de um foguete. Eles voltaram vivos e se aposentaram no National Zoo, em Washington, onde Patricia morreu poucos anos depois, de causas naturais, não ligadas ao espaço. Ela deixou seu parceiro, Mike, que viveu até 1967.

Vamos pensar um minuto em Mike e no seu legado.

Viúvo, em exibição no zoológico nacional. Funcionário público até o fim.

E os primatólogos dizem que sua memória poderia muito bem conter lembranças de Patricia. E da estranha aventura em que embarcaram num dia de primavera. Muito tempo atrás.

Era uma vez muitos cães.

Cães soviéticos, escolhidos para ir ao espaço porque sabiam sentar e levantar quando recebiam ordens. Ao contrário daqueles bobocas dos macacos americanos.

Eles iam aos pares.

Dézik foi com Tsigan, o Cigano, no verão. E depois com Lisa, no outono. Mas aí morreu quando caiu na Terra.

Vieram Smiélaia e Málichka. E Albina e Damka e Sniejinka e Krasávka. Todas subiram vivas. Nem todas voltaram assim.

Uma cadela chamada Bólik fugiu da jaula e desapareceu no meio da noite em vez de voar para o espaço na manhã seguinte. Boa menina...

E aí veio Laika. A coitada. A famosa Laika.

Mandada propositadamente para a morte. Enviada para orbitar a Terra num satélite que eles sabiam que ia pegar fogo na reentrada. Por meio século os russos sustentaram que tinham inventado uma máquina especial para sacrificar Laika, pouco antes de se esgotar seu suprimento de oxigênio. Em seu voo de seis dias.

Só que não.

Na verdade ela morreu poucas horas depois da decolagem. Superaquecimento, imagina-se. Resta imaginar que tenha sido o menor dos males.

Ergueram uma estátua de Laika em Moscou. Foguete de pedra, cachorro de bronze.

E disseram que a morte dela era prova de que os homens poderiam sobreviver no espaço. Apesar de não ser verdade, claro.

Mas a morte de um macaco chamado Gordo, perdido no oceano, ainda hoje perdido no oceano... essa morte provou que... E as vidas de outros macacos e ratos e cães vira-latas e porquinhos-da-índia.

Cobaias. Foram todos cobaias.

Um macaco chamado Sam.

Um chimpanzé chamado Ham.

Eles provaram que nós podíamos viajar para o espaço.

Alguns sobreviveram. Outros deram a vida pelos nossos sonhos. Como tantas vezes acontece.

Mitos de origem

Eu passei meus vinte e poucos anos em Providence.

Morava numa casa de dois andares na região oeste da cidade. Do outro lado da estrada, em relação ao centro. E do outro lado da estrada de ferro, em relação à Universidade Brown e às casas chiques da região leste.

Minha mãe cresceu naquela casa. O pai dela também.

E depois que meu avô morreu, aos oitenta e seis anos, sua viúva percebeu que não conseguia mais viver ali. Não conseguia dividir seus dias com o fantasma dos dias passados com o marido e as filhas, com a família do marido. E com a lembrança de quando era recém-casada.

Fantasmas que apareciam em cada canto da casa.

No topo da escada. Na pia, junto à janela. No lado vazio da cama.

Então minha avó se mudou dali. E eu mudei. Para lá.

Eu adorava aquilo tudo. E não só porque estava com vinte e três anos, sem rumo, e podia viver sozinho. Sem pagar aluguel, naquela casa velha e enorme.

Eu adorava a casa. Na minha infância ela ressoava com o eco das histórias repetidas infinitamente em grandes jantares da família italiana.

No fim dos dias de Natal, com as brasas morrendo na lareira e um ou outro tio desabado na poltrona de veludo castanho. Para visitantes, para plateias novas as histórias eram estendidas e enfeitadas. Para quem era da família mesmo elas eram mais… *invocadas*. Sintéticas como provérbios mandarins. Até que pudessem ser mencionadas com pouquíssimas pinceladas.

Meu pai e o Studebaker.

O dedo quebrado da minha mãe.

Janice saindo pela janela do banheiro.

Eu adorava essas histórias. Eu certamente conto histórias hoje porque realmente adorava aquelas histórias, naquele tempo.

E apesar do volume e do peso das lembranças e dos casos que se acumulam nos cantos empoeirados de uma casa ocupada pela mesma família desde 1914… apesar da imensa quantidade de material potencial… a maioria das histórias, aquelas mais solicitadas, saíam de uma única prateleira.

Durante vários anos, do fim da década de 1930 até acabar a Segunda Guerra, meu avô teve um *nightclub* às margens do rio Pawtuxet. De início ele se chamava Heigh-Ho, e acabou se transformando no Club Baghdad, com um oásis pintado na parede e tudo mais: uma atmosfera geral entre *Casablanca* e Edward Said.

Era um espetáculo de revista completo: cantores, cômicos, *big bands* de porte médio, *showgirls*, espetáculos em turnê nacional, chefões do segundo escalão da máfia. E meu avô ali era o mestre de cerimônias.

Um dia algumas dançarinas pegaram uma gripe e meu avô ligou para a agência de elenco em Boston para pedir *showgirls* substitutas. Uma delas, no fim, seria a minha avó.

Então não é à toa que as histórias que eu mais ouvi provinham dessa era.

Porque elas são os mitos de origem de uma das iterações daquela família. Minha mãe e suas três irmãs adoravam ouvir a história de como a mãe e o pai delas se apaixonaram.

E essas histórias eram ótimas. Glamorosas e dramáticas.

Meu pai e o Studebaker e o dedo quebrado da minha mãe são boas histórias. Mas as histórias do clube eram… “o dia em que o urso escapou”… “as duas namoradas do papai”… “o dia em que os anões russos encalharam na neve"... "a noite em que o cão dinamarquês dançou com o assaltante"... A noite em que minha avó subiu na escadinha enquanto meu avô estava colocando a estrela na árvore de Natal ao lado do cabide dos casacos e lhe deu, de surpresa, o primeiro beijo.

Ou o dia em que todos se enfiaram no banco traseiro do carro do barman quando estavam voltando da praia, ela sentou no colo do meu avô e ele segurou sua mão... e ela nunca tinha percebido que tinha uma mão tão pequena. E soube que amava aquele homem.

Eu ouvi essa história centenas de vezes. Na última era eu quem segurava a mão dela (tão pequena...) enquanto meu avô morria numa cama desmontável de um hospital de Rhode Island. Não muito antes de eu me mudar para a casa.

A casa das histórias também era uma casa de quinquilharias.

Oitenta e tantos anos de quinquilharias. Coisas enfiadas em armários e cantinhos. Em caixas de papelão esfarelado empilhadas em quartos fechados à chave. Cigarreiras, alfinetes de gravata, relógios de baquelite e chaves de patim, tudo junto. Minha mãe e as irmãs, agora sem precisar pedir permissão aos pais para fuçar no porão, me passavam certas missões.

Uma delas me chamava e dizia alguma coisa tipo "tem uma placa grande da Coca-Cola, acho que tem, de quando o tio Leo tinha aquela lanchonetezinha em Narragansett, nos anos 1950. Ia ficar linda em cima do meu fogão novo!". E eu ia escavar.

Mas havia um artefato que todas elas queriam, mais do que qualquer outra coisa.

O Santo Graal dos objetos da família era um disco. Elas diziam que o Club Baghdad tinha uma prensa de discos. Um aparelho pequeno que de fato "entalhava" os sons num disco de acetato. Durante um tempo o clube teve uma promoção: você podia pagar um tostão, cantar com a banda e levar o disco para casa... Um tipo de caraoquê?

Então em algum lugar da casa, elas todas juravam, havia uma gravação feita no Baghdad.

E se eu conseguisse encontrar aquilo, elas poderiam ouvir o Club Baghdad. Ouvir o pai cantar. Ouvir os esquetes cômicos que ele escreveu. Ouvir sua apresentação das dançarinas. Imaginar a mãe dando chutinhos de cancã no meio da linha de moças.

Era só continuar escavando.

Eu morei na casa durante sete anos. De vez em quando as irmãs apareciam e perguntavam pelo disco. Eu lhes contava das outras coisas que tinha achado. Coisas maravilhosas, diretamente da era de ouro do clube noturno. Fotos das coristas, das pessoas dançando, do urso (antes de escapar). Cardápios (trinta e cinco centavos por uma cerveja com um uísque pequeno; um dólar e dez pelo Clams Casino). Mas nada de disco.

E elas ficavam decepcionadas.

E eu nem ligava. Porque tinha encontrado cartas. E pedaços de diários. E fotos da prima da minha avó: Amy, a melindrosa. Que abriu o mundo até o ponto de se tornar viável alguém ser dançarina. Viável subir numa escadinha e tomar a iniciativa.

Achei carteiras de sindicatos. Bilhetes de bonde. A pulseirinha do hospital, de quando eles tiveram o filho que nunca veio para casa.

A matéria de múltiplas vidas.

Da criação de filhos.

Do trabalho de sustentar um casamento por cinquenta e três anos, depois daquele beijo perto da árvore, perto do cabide.

Do seu pai, carregando uma família nas costas, ou trabalhando décadas, de sol a sol, como instalador de tubulações de aquecimento. Colocando canos nas paredes. Montando caldeiras.

De quando ele cantava e contava piadas e tentava encaixar as agendas das dançarinas. Para suas quatro filhas poderem ir para a universidade. Para um dos filhos delas poder agora estar falando com você.

Eu não achei o disco.

Não sei nem se ele existiu um dia.

Portanto, o som de uma noite no Club Baghdad fica perdido para a história. E é assim mesmo que acontece.

Mas no último dia... literalmente no último dia que eu passei na casa antes de encher o porta-malas do Saturn e ir para Los Angeles, e antes de a minha família vender a casa, coisa de seis meses depois... eu fiz uma última escavação e achei três coisas que valia a pena guardar.

Achei uma foto dos meus avós. Naquele dia na praia, antes da volta de carro, e de tudo que saiu dali.

Eles estão jovens; tão lindos.

Achei outra foto de um amigo deles. Um sujeito comprido com um bigode fininho. Também na praia. Nitidamente naquele mesmo dia. Segurando duas maçãs na frente da virilha como se fossem seus testículos. Achei a combinação das duas fotos incrivelmente tocante.

E achei um montinho de papéis amarelados, esfarelados. Eram roteiros datilografados que o meu avô escreveu para o espetáculo no clube. Esquetes. Cenas cômicas. Na verdade, não são muito engraçados.

Mas eu os acho tocantes demais.

E aqui, decida você se vale a pena, vai um dos números cômicos do Club Baghdad, jamais encenado depois de 1940. Mais ou menos quando meu avô segurou a mão da minha avó.

E era tão pequena...

— E aí, meu chapa? Fez alguma coisa diferente no fim de semana?

— Rapaz! E como!

— Não me diga? Foi ver a fita nova lá no Cinema Odeon?

— Não. Mas vi uma bela "cena".

— Ah é? Então por que você não me descreve a tal cena?

— Eu passei o fim de semana num acampamento nudista!

— Como é que é?

— Um acampamento nudista! Balangandãs pra todo lado! Eles chamam o lugar de Nudivale…

— Mas era um lugar bacana?

— Parecia uma mansão dos Rockefeller! Tinha mordomo!

— Como é que você podia saber se o sujeito era mordomo se ele não estava de roupa de mordomo?

— Bom… dava pra ver que empregada ele não era!

— Ave Maria!

— Teve um grande baile de máscaras. Eu vi uma senhora de idade provecta… com o corpo todo cheio de varicose.

— E ela estava fantasiada de quê?

— Mapa rodoviário. E era verdade! Se você olhasse de pertinho, dava pra ver o Tennessee inteiro mapeado nas veias.

— Então, me conte: viu alguma moça bonita?

— Pode crer! Vi uma moça toda de roxo. Eu perguntei "e você é o quê?". E ela disse "friorenta".

— Ah! E você? Estava de fantasia?

— Eu estava de vermelho.

— Mas eu achei que era um acampamento nudista.

— Era urticária.

— Como foi que você ficou com urticária?

— Tem uma fileira de arbustos que separa os homens das mulheres. A gente estava ali dando uma espiadela quando a polícia chegou e expulsou a gente.

— Mas por que eles fizeram uma coisa dessas?

— Muita gente colhendo o fruto proibido!

Quatrocentas mil estrelas

O observatório na colina já era velho mesmo naquele tempo. Em 1877.

E as tábuas gastas do piso gemiam quando Edward Pickering subia a escada às escuras. Para chegar ao telescópio, lá na torre.

E o telescópio tinha prestado bons serviços. Descoberto a oitava lua de Saturno, detectado pela primeira vez o anel mais interno daquele planeta. O primeiro daguerreótipo de uma estrela, Vega, a segunda estrela mais brilhante do céu que cobria Harvard e seu velho observatório sobre a colina, foi feito com aquele telescópio.

Mas essas descobertas aconteceram muito tempo antes. Quando o velho observatório era novo.

Então o que seu novo diretor podia fazer com ele?

Com seu telescópio antiquado e sua equipe de rapazes tagarelas, aqueles alunos de Harvard. Que nunca podiam nem atender o telefone, ou pegar o telegrama que chegava, ou o que quer que se pedisse a um pós-graduando cheio de si no fim do século XIX. Aquele pessoal deixava o professor Pickering louco da vida.

Ele tinha trabalho a fazer.

Tinha observações que queria realizar, tinha dados que precisava recolher, números que precisava computar. E esses brilhantes rapazes de Harvard não podiam nem se dar ao trabalho de fazer um cálculo cuidadoso. Pickering dizia que até sua criada podia fazer um trabalho melhor.

Então ele a contratou.

Por vinte e cinco centavos de dólar por hora, Williamina Fleming foi trabalhar no observatório. Trocou o espanador de pó por um lápis; o balde por um tinteiro. Ela fazia contas simples para o sr. Pickering. Somando colunas de dígitos. Preenchendo tabelas em pastas encadernadas com couro. Sentada a uma escrivaninha, num canto empoeirado do terceiro andar do observatório.

E no fim do turno ela entregava seu trabalho ao professor. E via seu rosto se acender.

Diante daquelas colunas organizadas, da caligrafia nítida, diante de números um que jamais seriam confundidos com números sete. Ao ver que mesmo depois de longas horas de trabalho seus olhos cansados nunca confundiam um três com um dois. E ele sorria para sua melhor assistente. Aquela mulher que um dia fora sua criada.

A vinte e cinco centavos por hora, ele contratou mais criadas. E professoras, e balconistas. Mulheres que preferiam trabalhar num escritório empoeirado a trabalhar num moinho ou numa mercearia. Ou numa fábrica de corpetes.

Há uma fotografia de Edward Pickering na escadaria do observatório, está cercado por treze mulheres, todas de colarinhos altos e vestidos compridos que ocultavam anáguas e espartilhos, indo até seus sapatos. Pickering está na fileira mais alta, com seu terno de três peças: um catedrático amarrotado. Se não tem remendos nos cotovelos do casaco, é por mero acaso.

Ele tem um espesso bigode de morsa e uma cara satisfeita e irônica. Talvez por ser o único homem ali, cercado de tantas mulheres. Aquele grupo que era motivo de piadas entre seus colegas, que o chamavam de "o harém de Pickering".

Talvez fosse apenas por saber que estava se dando muito bem: a vinte e cinco centavos por hora, as mulheres ganhavam muito menos que seus antigos assistentes homens, muito menos que qualquer homem, na verdade, qualquer mordomo, padeiro ou contador que ele convertesse, jamais aceitaria para cumprir as tarefas que ele lhes propunha. Mas ele sabia que poucos homens, qualquer que fosse o preço, podiam fazer melhor que Williamina Fleming. Uma mulher que ele passou a respeitar e admirar. E que descobriu a nebulosa Cabeça de Cavalo. Ou Margaret Harwood, que um dia seria a primeira mulher a comandar seu próprio observatório. Ou Johanna Mackey, que descobriu a primeira supernova na constelação da Lira.

Elas estão na foto.

Perto do contentíssimo Pickering.

Talvez ele esteja feliz porque essas mulheres e sua mão de obra barata permitiram que ele realizasse um trabalho importante e fizesse o tipo de descobertas astronômicas que ninguém imaginava que pudesse sair de um observatório tão antigo. Com instrumentos tão antiquados.

Pois Pickering percebeu que o futuro da astronomia não estava em pontos cintilantes lá no céu. Mas em dados, na matemática. Em números bem organizados em planilhas e tabelas. Arquivados com cuidado, catalogados e disponibilizados.

E por isso eu agora presto um voto de louvor ao professor.

Antes de deixá-lo de lado.

Antes de prestar um voto de louvor a Williamina Fleming. E Annie Jump Cannon. E Johanna Mackey. E Margaret Harwood. E Mollie O'Reilly. E Edith Gill. E Evelyn Leland. E Florence Cushman. E Marion Whyte, Grace Brooks, Arville Walker, Ida Woods, Alta Carpenter e Mabel Gill.

Elas, ali na foto.

E as outras mulheres, não representadas, que foram trabalhar para Pickering com o passar dos anos. Mulheres que, a vinte e cinco centavos por hora, trabalharam juntas naquele escritório empoeirado no terceiro andar do velho observatório da colina, o dia todo, dia a dia. Somando linhas de números, fazendo referências cruzadas entre colunas de dígitos, enchendo planilhas de cifras. Cuidando para seu sete não parecer seu um. Cuidando que os babados de renda que tinham no punho não entrassem nos tinteiros.

A vinte e cinco centavos por hora, elas olhavam em lentes de aumento, analisando fotografias que Pickering tinha tirado olhando para o céu noturno através do velho telescópio. E aí contavam as estrelas. Uma a uma. Faziam um registro do brilho relativo das estrelas. E aí passavam para a próxima. E a próxima. Enquanto as mulheres ao seu lado trabalhavam com outro canto da fotografia. Faziam sua parcela de alguma conta gigantesca.

Computadores humanos.

Como as mulheres de Iowa, durante a Segunda Guerra Mundial, que traçavam as trajetórias possíveis de morteiros e canhões, criando esquemas e gráficos que guiavam as armas dos homens que, naquele exato momento, lutavam na França. E na Itália. E no norte da África.

Ou as mulheres, já depois da guerra, na Universidade da Pensilvânia, que traçaram as trajetórias possíveis de mísseis balísticos intercontinentais apontados para a União Soviética. E que então alimentaram com esses dados, literalmente, o primeiro computador mecânico. Uma coisa que ocupava toda uma sala, e se chamava ENIAC, que levou a algo menor, e a algo ainda menor... que tornou obsoleto o emprego daquelas mulheres.

A vinte e cinco centavos por hora, as mulheres do velho observatório da colina fizeram o trabalho de notebooks. E de telefones nem tão "smart" assim. Gastaram anos de suas vidas com trabalhos que hoje custam frações de frações de segundo.

Tudo bem. Sim. Há que se reconhecer tudo isso.

Mas essas mulheres organizaram os céus.

Sem nem precisar olhar para cima. Algumas delas antes lavavam o chão, outras contavam sacos de farinha, anotavam quantidades de pregos, parafusos e potes de graxa nas prateleiras dos armazéns. Ou transcreviam, arquivavam, recebiam ditados.

E agora contavam estrelas.

Contavam todas as estrelas. Cerca de quatrocentas mil. Toda estrela que até ali pôde ser vista. Sem nem saber quantas mais havia no céu. Sem nem saber o que um dia as mulheres poderiam ver.

Elas contaram todas.

Orbes cintilantes

Quando descobriu que iam disparar seu marido rumo ao espaço, Annie Glenn quis conversar com um pastor.

Eram gente de fé, os Glenn: devotos presbiterianos de Ohio, de uma crença profunda. E quando John Glenn foi escolhido para ser um dos astronautas do programa Mercury, Annie Glenn quis ter certeza de que estava tudo bem, de que um homem podia sair do planeta e continuar sob a graça de Deus; ela quis ter certeza de que o céu não era de fato o céu.

O pastor consultou as escrituras e não viu motivo para manter seu marido preso ao chão. E assim, num dia de março de 1962, enquanto John estava numa pequena cápsula de metal, no topo de um foguete de trinta metros de altura, esperando que as nuvens no alto se abrissem e liberassem o céu da Flórida, Annie Glenn rezava: pelo bom tempo, pelo retorno em segurança do marido, pelos Estados Unidos da América.

Os Glenn eram devotos patriotas de Ohio, de uma crença profunda.

E ela então se pôs sentada no tapete da sala de estar, na frente da televisão, apertando os joelhos contra o peito enquanto o controle da missão fazia a contagem regressiva para a decolagem. E viu a fumaça se emplumar, as chamas eclodirem, enquanto seu marido era lançado rumo ao azul, e troposfera adentro,

estratosfera adentro,

mesosfera adentro...

e rumo à escuridão.

Ele iria orbitar a Terra três vezes, em pouco menos de cinco horas. E tinha muito o que fazer.

John era da Marinha. Um herói de guerra. Homem movido por deveres: sim, senhor; não, senhor. O homem certo para aquela tarefa, se a tarefa era verificar periodicamente monitores, aparelhos, e acompanhar a atividade da espaçonave e dos homens no espaço. Mantendo o tempo todo os olhos no trabalho, enquanto a Terra voa pela janela.

Enquanto aurora vira dia, vira noite, vira aurora, mundo afora. Mundo afora.

Enquanto brancos rios de bancos de nuvens se torcem e se movem sobre Bali, ou Boca Ratón ou Dar es Salaam.

Mas em algum ponto do Pacífico Sul, no que ele se aproximava de abrir sua segunda volta ao mundo, algo chamou a atenção de Glenn.

Ele atravessava um campo de minúsculos orbes cintilantes.

Iluminados. Luminosos. Parecem pequenas estrelas. Ou vaga-lumes. Um enxame inteiro, que parecia segui-lo. Literalmente milhares.

Quando John Glenn desceu de novo à Terra e fez seu relato ao pessoal da Nasa e conversou com a imprensa e com o presidente, nem ele, nem qualquer outra pessoa tinha uma explicação adequada para o que viu lá no alto.

E o mistério não o abandonou. Rodou em sua cabeça como um daqueles orbes cintilantes. Como as serpentinas que voavam à volta dele e de Annie nos desfiles que a nação orgulhosa organizava.

Mas ele era um homem à vontade com os mistérios. Homem de uma fé profunda. E veio a escrever que sua experiência no espaço, e com os vaga-lumes cintilantes, reafirmou essa fé.

Ninguém podia ver o que ele viu, disso ele tinha certeza, e não acreditar em Deus.

Não acreditar em milagres.

Ele disse a mesma coisa cerca de trinta e cinco anos depois, quando foi de novo para o espaço aos setenta e sete anos de idade.

Mas àquela altura já tinham resolvido o mistério. Os orbes cintilantes não eram vaga-lumes do espaço sideral. Não eram serafins brilhantes que escoltavam um homem de fé em seu caminho pelos céus. Não eram algum ser divino, alguma lúcida inteligência além da nossa.

Era xixi.

A urina de John Glenn, expelida da cápsula e congelada, em milhares de minúsculos orbes. Que pegavam sol, e então pareciam emitir brilho próprio. Portanto, nada de milagre de verdade.

Só um sujeito de quarenta anos, de Cambridge, Ohio, fazendo xixi enquanto voava a trinta mil quilômetros por hora, a mais de duzentos quilômetros acima da Terra.

Numa cápsula de alumínio.

Feita de milhares e milhares de peças singulares. Projetada, fabricada e montada por milhares e milhares de indivíduos singulares. Porque as tortuosas e imprevisíveis histórias de duas nações as puseram numa competição estranha e temporária. Num momento histórico estranho e temporário.

Enquanto a esposa do homem olhava a TV, joelhos contra o peito, no tapete da sala de estar…

… o que para mim já é milagre bastante.

Esquecemos

Nós esquecemos James Powell.

E que ele estava ali, naquele dia de 1964, enquanto os rapazes conversavam na frente de um prédio na rua 76 Leste. Pertinho da Wagner High School. Só ali à toa, depois de um dia de verão na escola. Como sempre faziam.

E esquecemos que o homem, o branco que cuidava do prédio, consertando radiadores, desentupindo ralos, naquele dia realmente surtou. Pegou uma mangueira e molhou os meninos negros e porto-riquenhos parados ali. Gritando "pretos sujos".

Dizendo que ia lavar aquela sujeira.

E que os meninos não baixaram a cabeça. Começaram a jogar tampas de latas de lixo e as garrafas do refrigerante que estavam bebendo um minuto antes. Quando estavam só à toa depois da escola.

E que James Powell, afro-americano, quinze anos de idade, estava passando com uns amigos e viu tudo.

E que eles perseguiram o homem até a entrada do prédio, depois que ele fugiu da chuva de garrafas e de tampas de latas de lixo. E os meninos riram dele por um tempo e aí foram embora. E quando James estava saindo de novo do prédio, com aquele cheiro quente de água na calçada do verão ainda presente no ar de um mês de julho... estava rindo. Um adolescente, todo empolgado depois de intimidar um adulto.

Ele deu um passo na rua e tomou três tiros de um tenente da polícia de Nova York, que nem estava de serviço. Um policial branco que estava na loja ao lado, levando o rádio para consertar, quando ouviu os gritos.

E as garrafas.

E as tampas de latas de lixo.

Esquecemos a mãe de James Powell. Annie.

E que ela se jogou sobre o caixão na funerária. Exatamente como no cinema. Porque às vezes é exatamente assim que você se sente. E seu filho acabava de ser morto. Um dia, depois da aula.

A cidade pegou fogo.

Seis noites de protestos. No Harlem. Em Bedford-Stuyvesant.

Nós esquecemos James Powell.

Esquecemos Odessa Bradford, uma afro-americana arrancada à força do seu carro quebrado pela polícia da Filadélfia, naquele mesmo verão. Mas o povo da Filadélfia não esquece a quebradeira que se seguiu.

Esquecemos Perfecto Bandalan, um colhedor de alface das Filipinas que conheceu uma garota chamada Esther Schmick e se apaixonou.

Os policiais prenderam os dois. Não acreditaram na história. Imaginaram que ele era um sequestrador. Até a mãe da menina dizer que ele era um bom rapaz, que eles estavam noivos. E os policiais os soltaram. Mas a quebradeira começou mesmo assim. E Watsonville, na Califórnia, viveu uma guerra de seis dias.

Esquecemos Eugene Williams, nadando um dia no lago, do lado segregado de uma praia em Chicago. Um dos banhistas atingidos por pedras arremessadas por um branco parado na areia. Mas o único que acabou se afogando.

Nós lembramos a revolta de 1919.

Esquecemos Robert Bandy, um soldado afro-americano que perguntou aos policiais por que estavam prendendo uma mulher no saguão do Braddock Hotel, no Harlem. Numa noite de 1943. Eles atiraram. E a cidade pegou fogo.

Nós lembramos o incêndio. Mas esquecemos o fósforo.

Nós esquecemos James Powell.

Corpos outros

A gagueira apareceu quando o pai dela foi embora.

É o que conta a história. Elmer Froman era caixeiro-viajante. Vendia vestidos de baile e de festa para ricas damas do Sul dos Estados Unidos. E um dia subiu no trem para Memphis e nunca mais voltou.

Sua filha, Jane, tinha cinco anos de idade. E depois disso não conseguiu mais falar direito. Era assim que sua mãe lhe explicava tudo, depois. E era assim que sua mãe explicava aos professores da menina, quando suas palavras simplesmente não saíam. Quando lhe pediam para recitar um poema. Ou ler a cartilha. Ou quando ela tentava gritar com os meninos que riam dela.

Foi assim que a própria Jane Froman contou essa história, adulta, quando lhe perguntavam. Porque as pessoas queriam saber. Queriam saber por que essa mulher atraente e segura de si gostava tão pouco de conversar.

Mas a história não era verdade. Uma gagueira não começa como problema psicológico. É algo que está no seu corpo. Mas ninguém tinha entendido isso ainda. Muito menos Jane.

E, enfim, havia um certo toque de mágica nessa história. Porque ela podia ter dificuldade para falar, mas...

Jane cantava.

Isso acontece muito com os gagos. A questão é que nós usamos o cérebro de maneiras diferentes quando cantamos e quando falamos. Mas as pessoas também não sabiam disso nos anos 1930. Elas só sabiam o que podiam ouvir.

E o contralto vigoroso, quente, quase com uma estranha textura de massa folhada, da voz de Jane era exatamente o que as pessoas queriam ouvir naquela época. Então Jane Froman se tornou uma estrela.

As pessoas nos Estados Unidos arrumavam suas agendas, acomodavam as atividades do dia e a hora do jantar para poder estar diante do rádio, ali em suas salas de estar em Tulsa, Tucson... para ouvir Jane cantar. Naquele mesmíssimo momento. Num microfone nos estúdios da NBC. No recém-inaugurado Rockefeller Center, em Manhattan.

Ela não falava, outra mulher fazia isso por ela. Jane terminava de cantar e alguma outra mulher dizia "Eu sou Jane Froman", quando não era. E as pessoas que estavam em casa, ouvindo, acreditavam nela; por que... que motivo teriam para não acreditar?

E elas folheavam a última edição da revista *Radio Stars*, ou *Song Hits*, ou *Radio Magazine*... e viam fotos de Jane Froman: cabelo escuro, olhos brilhantes, muito mais bonita do que os artistas do rádio precisariam ser. E elas encaixavam as peças do quebra-cabeça. O cabelo, os olhos, aquela voz melodiosa... aquela voz que falava. E criavam sua própria Jane Froman.

E elas adoravam sua própria Jane Froman.

E a escolheram como a rainha do rádio dos Estados Unidos. E as coisas foram muito bem para Jane, por um tempo.

Quando FDR convocou os artistas da nação para fazerem sua parte durante a Segunda Guerra Mundial, Jane foi a primeira a se apresentar como voluntária. E isso não é força de expressão.

Não mesmo.

A resposta de Jane Froman à solicitação do presidente foi literalmente a primeira a chegar à Casa Branca.

E logo ela estava cantando em bases militares por todo o país. E fazendo sua parte no rádio. Ela cantava alguma balada patriótica triste, e então uma falsa Jane ia até o microfone para encorajar os ouvintes a entregar suas panelas velhas, para que pudessem ser transformadas em hélices, em peças de artefatos incendiários.

E em fevereiro de 1943, Jane Froman, a única e verdadeira Jane Froman, embarcou num hidroavião da PanAm no aeroporto de LaGuardia. A caminho da Inglaterra. Com escala em Portugal. Para suas primeiras apresentações para tropas americanas no estrangeiro.

O voo transatlântico foi longo mas tranquilo. Ela cantou com os passageiros e deu autógrafos no saguão. Foi atendida por comissários de luvas brancas que lhe serviram uma refeição de seis pratos. E logo depois que ela e os outros passageiros viram o sol se pôr sobre as sete colinas de Lisboa, o avião se preparou para um pouso de rotina no rio Tejo.

Mas uma asa desceu demais. E tocou a lâmina d'água.

E tudo foi consumido em chamas, metal retorcido... e água fria.

Jane não lembrava de muitos detalhes, depois. Só de se ver de repente no rio. Cercada de corpos. De pedaços de corpos. De gritos e fumaça. E ela ali sem conseguir enxergar. E se agarrou a alguma coisa. E aquela coisa flutuava. E assim ela não morreu.

Vinte e quatro pessoas morreram.

Jane se lembrava de ser arrancada da água. E de ter a nítida sensação de que, se não ficasse agarrada à perna, ela ia se soltar do corpo. E se lembrava de acordar no hospital, e aí de ter que esperar dias até aparecer um médico que falava inglês e podia lhe dizer a que grau ela estava comprometida.

O braço direito estilhaçado.

As fraturas múltiplas acima do tornozelo direito.

Costelas quebradas.

Lacerações.

A perna que eles salvaram por pouco.

O rosto estava bem. O que para Jane pareceu um milagre. Porque ela sabia como era importante para as pessoas nos Estados Unidos, para as pessoas que a adoravam por causa do rádio... como elas usavam aquele rosto para montar a ideia que tinham dela. E aquele rosto foi a única coisa que as pessoas viram de Jane, por dois meses. Enquanto ela convalescia num hospital português, engessada dos pés à cabeça.

Dessa vez foi o presidente que escreveu para ela.

Ele reconhecia o fato de ela ter sido a primeira pessoa a responder a sua convocação. E lamentava muito. Ele tinha conseguido se convencer a mandar homens para a guerra. Eram ossos do ofício. Mas a moça do rádio?

Ele se ocupou, pessoalmente, enquanto lidava com a Segunda Guerra Mundial, de garantir que ela voltasse para casa. E depois, quando ela chegou, e quando ficou claro que precisaria de mais cirurgias (porque aquela perna simplesmente nunca ia ficar boa: não parava de infeccionar), o presidente assinou uma carta que desviou doses então raras de penicilina para a moça do rádio.

Jane Froman, ao todo, passou por trinta e sete cirurgias.

Para tentar consolidar e reconsolidar as fraturas da perna. Para remover cacos de ossos e de Boeing 314.

Ela sentia dor.

Todo dia.

E então voltou ao trabalho.

Ela não queria. Mas as cirurgias eram caras e tinham consumido sua fortuna. E assim ela ensaiava em seus vários quartos de hospital. E depois contrarregras a carregavam pelos bastidores e pelas coxias e camarins.

E era doloroso e humilhante. E eles a punham no palco com um vestido enorme para cobrir as cicatrizes e o aparelho ortopédico. E ela sorria. E cantava. E fingia que não estava morrendo de dor.

Não que a plateia não soubesse.

Eles sabiam. A cantora favorita do país não se arrebenta num rio quando estava a caminho de uma apresentação para soldados sem que o país inteiro fique sabendo. Sabendo que isso fazia parte da emoção de ver aquela mulher cantar. Saber que ela havia triunfado, que tudo tinha dado certo no fim.

Eles não precisavam saber exatamente o que se passava dentro dela. Porque tinham sua própria Jane Froman.

Um rosto.

Uma voz melodiosa.

A voz que falava.

E agora a história.

E poucos anos depois tiveram o filme.

No filme Jane não gagueja.

Teria azedado a história toda. E além de tudo a moça que as plateias conheciam do rádio também não gaguejava. Então ali, na tela, estava Susan Hayward, dançando e dublando enquanto a verdadeira Jane cantava. Fazendo coisas que a verdadeira Jane não podia fazer.

Mas ela estava acostumada com isso.

A coisa toda se encerra com um grande número musical. E com razão. Jane se recuperou. E cumpriu a promessa que fez a si própria, e a seu país. E assim lá se vê Jane no palco, num hospital militar, em algum ponto do continente europeu. Cantando para recrutas embevecidos, presos a cadeiras de rodas, enxugando lágrimas.

Irmãos de armas, enfaixados, batendo o pé ao compasso da música de uma quase irmã, que canta.

É um filme otimista.

Sobre alguém que passou o resto da vida se sentindo mal. Mas isso não é uma surpresa, porque Hollywood é assim. E porque é bem assim que são as coisas, no que se refere ao corpo dos outros.

Quando um jogador de futebol americano faz uma finta para a esquerda, nós não sabemos do amortecimento que ele sente no joelho, mascarando a dor em seu tendão patelar. Só vemos as quatro jardas que ganhamos.

Quando a atriz aceita o Emmy, nós não sabemos das bolhas que ela tem no calcanhar, nós só vemos o sorriso agradecido.

Nós não sabemos do lúpus do nosso vizinho, nem parecemos capazes de lembrar a dor de nossa irmã, de nossos pais, de nossos parceiros... nas costas, no pulso, enfim... Isso apesar de essa dor estar com eles o tempo todo. E apesar de ser a única coisa sobre a qual eles querem mesmo conversar, se alguém quisesse ouvir.

Nós não conseguimos guardar essas coisas na cabeça. Porque é a *nossa* cabeça. O melhor que podemos fazer é tentar imaginar. E tentar lembrar.

Então vamos imaginar uma sala de cinema em 1951. Uma plateia vendo uma atriz fingir que é a moça do rádio. Numa história que aconteceu (alguma versão dela aconteceu, ao menos) apenas seis anos antes. Vamos nos deter nos homens presentes ali, homens com seus próprios gemidos, suas próprias dores constantes, que trouxeram da Europa ou do norte da África. Do sul do Pacífico.

Enquanto veem mais um filme que erra tanta coisa sobre aquela guerra. Mas acham bom, mesmo assim.

E então vamos imaginar Jane, assistindo mais uma mulher fingir que é ela. Vendo efeitos especiais dos anos 1950 simularem o momento mais apavorante de sua vida. O momento que definiu tudo que veio depois. Que mudou aquele corpo em que ela nasceu. O corpo que representava sua incapacidade de falar. Mas...

Jane cantava.

Problemas da dinâmica bidimensional de projéteis

Há coisas que nós simplesmente não sabemos nesta história.

Vamos deixar isso bem claro, de saída. Há fatos controversos. Mas isso acontece, muitas vezes, quando você revisita o passado. E quando você fala de uma indústria que vive de hipérboles e de enganos.

Então alguns fatos desta história são meio borrados. Porém os mais importantes são incontornáveis.

O alcance e a altura máxima do projétil não mudam com a massa do objeto. O projétil vai seguir sua trajetória até que a força da gravidade supere seu momento inicial. A aceleração vertical é constante, e igual a $9,8\ m/s^2$.

A primeira bala de canhão humana foi uma entre duas pessoas possíveis, depende do livro que você consultar. Mas eu posso te dizer com bastante segurança que o sujeito que inventou a "arte", o sujeito que possibilitou a ideia de se lançar alguém de um canhão para que essa pessoa pousasse em segurança a uma distância adequadamente impressionante, foi William Leonard Hunt.

Hunt era canadense. Ou inglês. Ou era de Long Island. Depende da pessoa a quem você perguntar. Mas de um jeito ou de outro ele passou quase toda a vida adulta fingindo que era italiano. Ou ao menos vagamente europeu. Signor Farini, o acrobata.

E ele era o máximo.

Em agosto de 1860 ele caminhou numa corda bamba sobre as cataratas do Niágara. E voltou. Vendado. Com cestos nos pés. E depois fez uma travessia com outro sujeito nas costas. E depois ficou pendurado, só pelos dedos dos pés, bem no meio da corda. Balançando na brisa. Empapado pela neblina que subia das águas turbulentas lá embaixo.

Depois de cerca de dez anos no ramo, ele percebeu um detalhe. Dá para você morrer fazendo essas coisas!

Então o Signor Farini mudou de vida, e começou a ganhar a vida pensando em maneiras de outras pessoas arriscarem a sua.

Sua inovação mais duradoura na verdade não é um canhão. Vamos deixar isso bem claro. A fumaça, o estrondo e o baque eram só jogo de cena. Dentro do canhão de Farini ficava uma simples plataforma presa a uma mola, que podia ser puxada por tiras elásticas, comandadas por uma alavanca. Alguém entrava no tubo, deitava de costas, apoiava os pés na plataforma...

E quando soltavam a alavanca a pessoa era jogada para fora, voava pelos ares e pousava numa rede ou na água ou num fardo de palha. Ou na coisa macia que estivesse mais à mão.

E apesar do lado dramático da explosão do canhão, e da piração total que é ser arremessado pelos ares, o número, em teoria, é seguro. Certamente mais seguro que andar na corda bamba sobre as cataratas do Niágara.

Primeiro, não se trata de um canhão de verdade, então não há risco de explosão. E, segundo, é só uma questão de saber onde colocar a rede. E embaixo de uma tenda de circo, ou num teatro, sem rajadas de vento que possam tirar você da trajetória, uma bola de canhão podia cair em segurança, se quem operasse o canhão desse conta de resolver um problema simples de física. Um problema de movimento bidimensional de projéteis.

Eles tinham que saber o ângulo do canhão, a força exercida pela plataforma de mola e a força da gravidade. E enquanto seu circo ou seu parque de diversões estiver no planeta Terra e não estiver, tipo, no Himalaia, vão ser sempre os mesmos 9,8 m/s^2. É acertar essa conta, que todo mundo vai tranquilo para casa.

Nós não sabemos a quantas pessoas Farini teve que explicar isso tudo até alguém resolver arriscar. Ele dizia que teria feito sozinho, pode apostar, mas estava meio fora de forma depois que abandonou a carreira de acrobata. E a barriga não cabia no canhão.

A primeira pessoa a dizer sim foi uma entre duas. O primeiro é um menino, adolescente. Nós não sabemos seu nome de verdade. Só sabemos que por algum tempo sua profissão consistiu em ser lançado pelos ares usando vestido e peruca, sendo chamado de Lulu. E pode muito bem ser que Lulu tenha sido o primeiro homem-bala. Mas ninguém discute o fato de que a outra candidata foi a primeira pessoa a se tornar competente naquilo.

Era uma menina de catorze anos chamada Rosa Richter, que o Signor Farini batizou de Zazel.

O primeiro espetáculo dela foi na noite do dia 10 de abril de 1877. Num local chamado The Royal Aquarium. Um lugar fabuloso, todo de aço, vidro e mármore, que se erguia majestosamente às margens do Tâmisa. Durante um tempo houve mesmo um aquário ali, com um sistema de túneis e bombas, lagos e cisternas que levava água doce e salgada para o prédio. E tudo parecia muito engenhoso... até que todos os peixes morreram.

Depois disso o prédio virou uma sala de concertos, de espetáculos. Um lugar onde vitorianos controladinhos podiam relaxar e perder um pouco o controle, e ver coisas espantosas. Como uma linda menina sendo lançada de um canhão.

O número foi um sucesso absoluto.

Então Zazel passou a adolescência viajando de cidade em cidade. Em carroças, em vapores, em trens noturnos que cruzavam fronteiras europeias. Lendo. Jogando baralho. Costurando lantejoulas nos figurinos. Matando tempo. Evitando ou percebendo manobras de homens indecentes, vagabundos, domadores de leões.

E, dependendo do ângulo e da velocidade inicial, por dois, três, quatro segundos a cada vez... pairando livre no ar.

Farini dizia que a menina era sua filha. O que eu tenho certeza que funcionava para o número. Para a publicidade. Mas ainda assim é bem esquisito. Especialmente quando ficamos sabendo que numa noite, em Londres, Zazel, desmanchando-se em lágrimas, foi procurar P. T. Barnum, que estava ali para ver o número deles, e implorou que ele a levasse dali.

Lá estava ela, arriscando a vida por seis dólares por semana, enquanto Farini ganhava uma fortuna. Pelo menos foi assim que Barnum contou a história. Quando levou seu novo número para a América.

Não podemos saber se ele estava dizendo a verdade. Tanto sua carreira quanto sua vida foram baseadas em hipérboles e enganos. Mas o que nós sabemos, sim, é que os americanos adoravam ver uma donzela bonita em perigo. Já naquele tempo.

E Zazel foi um sucesso.

E passou anos viajando pelos Estados Unidos. Nova York, Saint Louis, Topeka, Tombstone... qualquer lugar que tivesse um campo que acolhesse uma tenda, ou um simples salão de teto bem alto. E ela deixava as pessoas alucinadas. Deixava queixos caídos, corações acelerados. Fazia as pessoas da plateia ficarem de pé com a certeza de que tinham visto algo incrível. De que por dois, três, talvez quatro segundos tinham sentido o encanto.

Um escritor britânico se viu preso em Las Vegas, Novo México, uma cidadezinha que era apenas uma parada da estrada de ferro que levava a Santa Fé.

Era Natal. E ele estava longe de casa. Mas havia algo que lhe parecia acolhedor, ali na periferia da cidade: uma tela de lona branca que ia ganhando tonalidades de pêssego enquanto o sol se afundava no céu do deserto. Então ele passou seu Natal se consolando, conforme escreveu, com os antigos truques conhecidos de cavalos, homens, mulheres de saias curtinhas, ali dentro do picadeiro de serragem.

A atração principal naquela noite era Zazel, a mulher-bala, famosa no mundo todo. E o homem mal podia acreditar em sua sorte. E ficou esperando quase até o fim do espetáculo, quando ela saiu correndo do meio das arquibancadas e acenou do centro do picadeiro... linda, com seu vestido amarelo, sapatinhos de seda combinando, e um ramo de azevinho no cabelo, porque era Natal, enfim.

E naquela noite ela entrou no canhão como tinha feito centenas de vezes. Deitou de costas. Lembrou-se de relaxar o pescoço e os ombros. Colocou os pés firmemente apoiados na plataforma. Bateu na parte de dentro do tubo escuro para dizer que estava pronta.

Rufar de tambores.

Um clarão.

E ela voou com uma velocidade inicial predeterminada e cortou os ares numa trajetória curva determinada apenas pela ação da gravidade, por sobre o chão do circo...

E foi além da rede mal instalada. Caiu no piso duro.

Essa é uma história. Existem outras versões. E é difícil saber em qual delas podemos confiar. Mas sabemos que Zazel quebrou a coluna. Sabemos que seu marido, que também trabalhava no circo (promotor, bilheteiro, algo assim), disse que ela não se deixou abater quando passou os meses seguintes suspensa em pleno ar. Com o corpo todo engessado, pendurada no teto do quarto.

Tudo porque alguém não resolveu um problema simples de movimento bidimensional de projéteis.

Ela se recuperou, mas nunca mais se apresentou.

E isso é triste. Mas será uma surpresa? Será que foi uma surpresa para ela? Poderia ter sido?

Se o trabalho dela era ser lançada de um canhão...

Ser arremessada pelos ares, por uma mola gigante, contida por tiras elásticas.

E embora o número fosse orientado pela física elementar, por uma matemática clara e direta, ainda é matemática, ainda é algo sujeito a erros humanos, contas erradas, etapas saltadas, um número que você esqueceu de levar para a coluna seguinte, mas... foi uma surpresa para ela?

Ela seguramente sabia dos riscos. Seguramente teve seus sustos durante a carreira. As variantes matemáticas envolvidas naquele número, as que lhes diziam onde colocar a rede, eram conhecidas, concretas: o ângulo, o ponto de partida, a altura máxima, a velocidade inicial.

Mas as chances de que alguém errasse alguma coisa... essas não eram conhecidas. Qual era a chance de ela errar o alvo? A chance de que acabasse aleijada, ou coisa pior?

Isso ela não podia resolver no papel.

Mas podia lidar com aquilo na cabeça.

De um lado da equação ficava a catástrofe. O custo incalculável de uma vida cortada no meio do caminho, ou alterada para sempre por uma lesão. Mas do outro lado da equação há algumas cifras determináveis, embora eu só possa estimar seu valor, olhando daqui.

Então imagine, digamos, seiscentas apresentações ao longo dos anos. Com uma duração média de 2,75 segundos. A matemática é imprecisa. Mas de um lado da equação... fica a morte. Ou uma vida alterada por dor e ferimentos. E do outro lado... fica um total de 29,7 minutos no ar.

A matemática é imprecisa. Mas a escolha dela foi clara.

Charlie, deus da chuva

O sujeito magro ali em cima da escadinha estava com vinte e oito anos de idade, embora o cabelo ralo o deixasse com cara de mais velho.

Assim como o terno, tão deslocado naquela escada, no meio de uma floresta, à margem do leito seco de um riacho. Lá de cima, a dois andares do chão, ele podia ver o México logo ao sul. Se olhasse para oeste, para além dos sopés dourados das montanhas, quase conseguia ver San Diego, reluzindo à beira do oceano Pacífico. Mas só olhava para cima, para o céu perfeito do sul da Califórnia. Azul. Sem nuvens.

Enfurecedor.

Porque Charles Hatfield não conseguia trabalhar com um céu límpido. Foi uma das primeiras coisas que ele aprendeu, lá naquela primeira ida à biblioteca. Em torno de 1903.

Quase todo dia ele vestia um terno e pegava sua valise-mostruário e ia de casa em casa em toda a região de Los Angeles. Muitas vezes passava sem nem ver as placas que proibiam a entrada, instaladas nos jardins de pessoas cansadas de vendedores enfatiotados. Porque mais de uma vez Charlie ignorou uma dessas placas e foi recebido à porta por um proprietário raivoso, mas ainda assim conseguiu lhe vender uma máquina de costura.

Ele era bom.

Tinha certeza de que um dia ia dominar todo aquele ramo. Mas não queria. Máquinas de costura eram úteis, podiam fazer e podiam remendar. Mas não podiam fazer de Charlie um sucesso. Porém ele achava que conhecia uma coisa que podia.

Um dia ele foi até a biblioteca da cidade e começou a ler sobre chuva. Sobre os antigos e seus deuses da chuva, sobre as tribos das Américas com seus cantos e danças. E leu obras recentes, escritas pelos melhores autores no campo da pluvicultura. Porque a literatura a respeito de fazer chover era substancial, ainda que nem sempre fosse substantiva.

Os cientistas do século XIX adotavam uma teoria que foi inicialmente proposta depois da derrota da Armada Espanhola em 1588. Ela dizia que as chuvas torrenciais que mudaram os rumos daquela batalha foram causadas pela própria batalha. Alguma combinação de ondas sonoras e da fumaça dos canhões conseguiu arrancar a precipitação das nuvens, como frutas de uma árvore. Cientistas viram a mesma coisa em 1815, nos campos alagados de Waterloo.

Certos meteorologistas especulavam que Deus… que a Natureza tinha incluído um mecanismo antifogo no próprio fogo. Que a fumaça de uma floresta em chamas, de uma pradaria em chamas ou… de Chicago em chamas existia para acelerar seu próprio fim.

O Congresso investiu vinte mil dólares em experimentos de pluvicultura em 1891, esperando encontrar um método de criar chuva que salvasse terras agricultáveis secas. Mas o imenso conjunto de explosões que sacudiu as pradarias do Texas naquele verão serviu apenas para aterrorizar as lebres. E para desmentir a ideia de que fumaça e som alagavam o mundo.

Mas ainda assim não paravam de surgir cientistas que almejavam obter chuvas constantes. E havia vigaristas que prometiam essas chuvas. Que entravam em cidades flageladas pela seca, pegavam o dinheiro de pessoas desesperadas e aí torciam para que a chuva viesse. Ou ao menos um trem noturno que os tirasse dali antes que chegassem os grupos de linchadores.

Mas apesar de muitos fracassos bem conhecidos, e apesar da má fama que agora recobria os homens que buscavam poderes divinos, Charlie Hatfield não se abalou. Ele encontrou esperança naqueles livros. Encontrou momentos em que as nuvens de fato rompiam. Momentos em que o fazedor de chuva acenou da janela do trem na manhã seguinte para fazendeiros agradecidos, enquanto olhava para rios transbordantes e segurava sua carteira transbordante.

Havia algo ali. Algo que ainda podia ser feito. Fórmulas que podiam ser refinadas. Métodos que podiam ser reelaborados. E com o tempo ele desenvolveu sua própria técnica. E, com o tempo, descobriu que podia vender mais do que máquinas de costura.

Ele podia vender a salvação.

Por uma taxa de cinquenta dólares ele levava a chuva aos fazendeiros de Los Angeles. Ao menos eles achavam que era ele que levava.

Seu método era sempre o mesmo, embora os detalhes fossem os mais misteriosos. Ele e Paul, seu irmão adolescente, escolhiam um lugar abandonado, no meio do nada, e erguiam uma torre. Cinco, dez metros de altura. Uma coisa simples, de tábuas retas. E em cima uma caixa, aberta, sem teto. Charlie vestia seu terno (sempre de terno), subia pela escadinha e misturava produtos químicos na caixa. E esperava enquanto os produtos químicos evaporavam. E enquanto suas invisíveis moléculas faziam coisas invisíveis nas nuvens. E traziam a chuva.

Ele não dizia que estava "fazendo" chover. Não conseguia criar nuvens do nada. Mas se houvesse nuvens, ele podia "atrair" a chuva. Fazê-la sair. Ele não era um fazedor de chuva: era um acelerador de umidade. E se você é um fazendeiro cujas plantações estão morrendo, essa era uma distinção que não fazia a menor diferença.

E num período de inverno, fazendeiros fizeram fila com suas notas de cinquenta dólares.

Era o terceiro janeiro seco em sequência. A seca era tão forte que a diocese católica e proeminentes pastores protestantes estavam pedindo que seus fiéis orassem. Que pedissem que Deus abrisse as torneiras do céu.

Naquele mesmo dia Charlie estava em sua escadinha. Os boletins meteorológicos mencionavam uma tempestade mais ao norte, mas não havia possibilidade de ela chegar a Los Angeles.

Mas veio, mesmo assim.

Um repórter do jornal *Los Angeles Times* foi entrevistar Charlie para conseguir uma frase para citar, e bateu na porta da mãe do Acelerador de Umidade, em Inglewood. E ela lhe deu uma frase boa. Disse que Charlie trabalhou duro, estudou o clima, fez suas poções, se aplicou àquilo anos a fio, sem nenhuma ajuda, e que agora tinha feito valer a pena: as orações do povo foram atendidas pelo filho dela.

A chuva não chegou a San Diego (lá também era período de seca), não quis se dar ao trabalho de andar mais uns cento e cinquenta quilômetros. Maldita Los Angeles.

Acho que não é exagero dizer que San Diego tinha um certo complexo de inferioridade naquele tempo. Na primeira década do século XX, a cidade tinha apenas um décimo da população de Los Angeles, ou de San Francisco.

Não parecia muito justo. Era uma cidade tão bonita quanto as outras duas. Tinha um clima até mais temperado. Tinha uma história rica e fascinante, era o ponto final de uma ferrovia de importância vital... mas não era Los Angeles... não era San Francisco.

E isso pode ter sido um fator na mente do vereador Don Stewart, depois de ler a respeito da chuva e do fazedor de chuva nos jornais matutinos.

Mas quando alguém sugeriu que San Diego também podia ter a sua chuva, ora! Era só contratar o tal do Charlie Hatfield! Stewart riu.

Ele era um egresso da Marinha, tinha estudado o clima, tinha visto borrascas repentinas atacarem navios e veleiros sem aviso prévio. A chuva era coisa de Deus. Simplesmente não havia chance de Ele ter cedido o controle do tempo a um vendedor de máquinas de costura. E além disso San Diego tinha outro plano para ficar à altura de Los Angeles, e para vir a ocupar seu lugar de direito entre as grandes cidades do mundo.

A Exposição Panamá-Califórnia (a Feira Mundial de 1915) comemorava a inauguração do Canal do Panamá e a perfuração do istmo que permitiria que as águas dos oceanos Atlântico e Pacífico se misturassem. O que inauguraria uma nova era de possibilidades ilimitadas para a cidade de San Diego. Que agora era o primeiro porto de parada nos Estados Unidos para os navios que atravessavam o canal. Estava na cara que agora tinha chegado a vez de San Diego.

E enquanto Don Stewart e seus colegas na Câmara Municipal de San Diego caminhavam pelos jardins impecavelmente arquitetados da feira, por seus belos pavilhões... eles se sentiram merecidamente orgulhosos.

Não era pouca coisa aquilo. Teve gente dizendo que seria impossível. Uma cidade de trinta e cinco mil pessoas como sede de uma Feira Mundial? Ninguém viria. País nenhum participaria.

Mas vieram, e participaram.

Eis aqui Franklin Roosevelt, vice-ministro da Marinha, anunciando que San Diego seria a nova sede americana da Esquadra do Pacífico. Eis uma cidade em miniatura numa colina, com vista para um centro urbano humilde, que logo seria uma reluzente metrópole.

Daquela colina eles podiam ver o porto. E imaginar todos os navios que viriam lançar âncora ali. Podiam ver as montanhas, que se estendiam para todos os lados. E podiam antever os pequenos terrenos, para os operários que construiriam a cidade. E ver os campos férteis que os alimentariam.

Mas os campos estavam tão secos...

A seca não tinha passado. E Don Stewart e os outros vereadores sabiam que a única coisa capaz de detê-los, a única coisa que podia evitar que San Diego se tornasse a maior cidade do Oeste, era a água. Porque eles sabiam que os reservatórios de água estavam com metade da sua capacidade; ouviam reclamações diárias de fazendeiros que estavam encarando o fundo do poço de mais um ano ruim...

Mas o que eles podiam fazer?

A chuva era coisa de Deus. Don Stewart disse isso quando a feira em que estavam era apenas um sonho. Mas aquele sonho se tornara realidade. Eles não tinham rezado: tinham feito o sonho virar realidade. Foram eles que conceberam aquilo e fizeram acontecer. E lá estavam eles, andando por seus jardins, admirando seus belos pavilhões. Aqui estavam maravilhas, novas tecnologias do mundo inteiro. Aqui estavam Thomas Edison e Henry Ford, conversando sobre o futuro.

E pense no que eles mesmos tinham visto, apenas durante a sua vida. Filmes. Fonógrafos. Trens e aviões, o Ford T, inovações médicas. Vezes sem fim eles viram homens modernos fazer o que cabia aos deuses. Então por que não com a chuva?

Dane-se, disse Don Stewart. Do jeito dele, afinal estamos em 1915. Mandem chamar Charlie Hatfield.

O sujeito magro de terno subiu na escadinha.

Lá do alto, dois andares acima do chão da floresta, podia ver as colinas ressequidas que se estendiam até o horizonte. Podia ver o riacho Cottonwood, indo minguado até o México, até o rio Tijuana. Lento. Baixo entre as margens...

E Charlie Hatfield podia olhar para o reservatório pela metade.

Ele prometeu à Câmara Municipal que encheria aquele reservatório em um ano. Seria necessário um metro de chuva.

No ano anterior tinha chovido apenas vinte e cinco centímetros. Mas, se ele lhes desse aquela chuva, eles lhe pagariam dez mil dólares.

Mas havia muita coisa a fazer. Ele estava lá, subindo aquela escada, há algumas semanas, sob um céu límpido, pérfido. Agora via nuvens, poucas, subindo do Pacífico. Chamou Paul, seu irmão, que estava no pé da estrutura. Pediu que pegasse baldes de produtos químicos e os passasse escada acima. E Charlie derramou seu conteúdo na caixa de madeira que ficava no alto da torre. Misturou tudo e esperou.

Mais nuvens no dia seguinte.

Mais viagens escada acima. Mais espera. Olhando o céu que escurecia. Enquanto as invisíveis moléculas criavam invisíveis ligações, faziam inaudíveis propostas para a chuva.

E então a chuva caiu.

O sujeito magro riu. Ou comemorou, ou deu tapas nas costas do irmão mais novo. Ou não. Só sorriu satisfeito. Pois será que havia alguma dúvida?

Foram três dias de chuva, com momentos de intervalo. A primeira precipitação em meses. Em San Diego, na prefeitura, nas fazendas que Charlie Hatfield via nas colinas que se estendiam até o horizonte, homens riam. Ou comemoravam... ou davam de ombros. O que são uns poucos dias de chuva? Não precisa ser fazedor de chuva para conseguir um pouco de água em janeiro.

E o sujeito magro de terno subia de novo pela escadinha. E os baldes subiam, e subiam as moléculas. E descia a chuva.

E descia.

Descia.

Descia a chuva.

Quem subia era o reservatório do parque Morena. E o riacho Cottonwood. Subindo, subindo, subindo até transbordarem. Alagando os campos, destruindo estradas, varrendo cânions, derrubando pontes, arrebentando diques, criando um muro de água de mais de cinco metros de altura, que troava vale abaixo, tirando fazendeiros, pais, mães e crianças das mãos estendidas daqueles que os amavam.

Quando a chuva parou, Don Stewart percorreu o centro da cidade num bote, pelas águas que tinham subido como a metrópole de seus sonhos.

E foi até a baía, onde o muro de contenção de uma represa agora jazia em pedaços no mar. E onde pescadores japoneses, recém-chegados àquela cidade do futuro, buscavam os corpos de seus conhecidos nas águas.

Vinte pessoas morreram. Pelo menos as de que nós ficamos sabendo. Pelo menos as que tinham amigos ou família, que as procuraram em vão. Não sabemos quantos trabalhadores migrantes, quantos viajantes pegos na estrada errada, na hora errada, quantos deles se perderam e nunca foram procurados. Simplesmente porque choveu demais.

As outras perdas foram computadas.

Entre os estragos que precisariam ser consertados e os processos abertos por cidadãos enfurecidos, San Diego estava devendo pelo menos três milhões e meio de dólares. E os dez mil de Charlie.

Mas como o governo de Hamelin em tempos passados, Don Stewart e os outros vereadores decidiram não pagar o homem com poderes mágicos que tinham contratado para salvá-los. Porque, sim, Charlie tinha tocado sua flauta e se livrado dos ratos. Mas também já tinha levado as crianças. O que mais eles tinham a perder.

Mas Charlie insistiu. Eles tinham pedido chuva. Ele tinha trazido a chuva. Isso comprovava a eficácia de seu método. Isso provava sua grandeza. Mas a Câmara estava cansada. E talvez mais sábia, depois de tanta chuva. E tinha problemas maiores do que os problemas de um único homem.

Então eles lhe ofereceram um acordo.

Ele podia ficar com os dez mil. Tudo que precisaria fazer era dizer que foi ele quem provocou toda a chuva. As pessoas estavam lá fora amaldiçoando Deus... talvez quisessem saber que o responsável era outra pessoa.

Charlie foi embora sem seu cheque.

Artigos masculinos nos Estados Unidos da América entre 1840 e 1860: uma fábula

Em algum ponto das montanhas enevoadas dançavam os homens selvagens.

Tinham barbas densas e longas, crivadas de cardos. Cheiravam a fogueira e gordura, a carne de caça e a uísque. Eles gritavam, xingavam, trapaceavam no baralho e derramavam coisas e brigavam pelas poucas mulheres que se viram naquelas montanhas. Sob as estrelas.

Tantas, mas tantas estrelas.

Eles passavam cachimbos, gritavam em espanhol e francês. Em inglês. Nas línguas dos blackfoot e dos hopi. E dos zunis e dos navajos, dos crees e dos ute. Dos washoe e dos shoshone. E nas línguas dos múltiplos povos do Oeste. Alguns apagavam, e acordavam no dia seguinte com espinhos de pinheiro impressos no rosto. Alguns morriam. Seguramente mais de um, com todo aquele uísque.

E os homens selvagens se reuniam novamente, uma vez por ano. Homens que passavam quase a vida toda sozinhos nas matas, lendo o chão das florestas, colocando armadilhas nas trilhas. Matando ursos, caçando castores. Removendo peles com facas lavadas nas águas dos rios que corriam das montanhas.

Essa bagunça se chamava rendez-vous. Não importa de onde viessem esses homens, não importa o motivo que os levou à vida de caçadores, não importa a língua que ouvissem dentro da cabeça durante todos os dias e meses que passavam sós, eles sabiam ao menos essa palavra de francês. E aprendiam o suficiente de inglês, de espanhol ou blackfoot ou hopi para fazer as negociações necessárias para vender aquelas peles. Enquanto os homens das empresas do Leste avaliavam os frutos de seu trabalho, contavam os mortos, e davam aos selvagens o ouro de que precisavam para seguir selvagens: ali, naquela montanha sob tantas, mas tantas estrelas.

E eles contavam histórias exageradas de suas viagens pelas amplas terras que ficavam além das montanhas. Falavam das florestas petrificadas com pássaros petrificados cujo canto pairava ainda pelo ar. De vales tão amplos, em que um homem podia gritar "acorde" antes de deitar e o eco de sua própria voz seria seu despertador quando finalmente chegasse na manhã seguinte. Mas para aqueles homens selvagens na montanha, cujas errâncias podiam ter ido até o sopé da Torre do Diabo, podiam ter culminado na solidão da brancura incompreensível do grande lago de Sal, ou num despenhadeiro, contemplando o púrpura improvável do Deserto Pintado pouco antes do pôr do sol... será que alguma história podia de fato ser exagerada?

Num mundo assim tão novo, tão aberto e desconhecido, será que um pássaro de pedra, imobilizado em pleno voo, era tão mais fantástico que as histórias que esses homens que compravam as peles lhes contavam, a respeito da vida nas cidades do Leste? E a respeito do que aconteceria com uma daquelas peles que eles vendiam, uma pele que um dia aqueceu um único castor na água, no inverno...

Em Nova York e em Boston, na Filadélfia, os homens lhes diziam que cavalheiros elegantes usavam chapéus que podiam ter dezoito ou vinte centímetros de altura. Uns absurdos que eram chamados de cartola. E que eram recobertos pelas peles dos castores. Couros cujos pelos tinham sido removidos, couros que tinham sido raspados e amolecidos no vapor. Um processo que liberava vapores de mercúrio que intoxicavam os chapeleiros, que ficavam completamente alucinados.

Os melhores entre esses couros, os mais desejados pelos artesãos que trabalhavam com as peles e com os chapéus, eram os que tinham sido usados pelos próprios homens selvagens. Porque os ventos do inverno e o suor dos caçadores os deixavam mais macios. Prontinhos para serem usados por homens mais macios. Homens que gostavam que o material de seu chapéu brilhasse com um leve tom azulado, com a luz certa, porque provinha de um animal cujas glândulas sexuais produziam um óleo que o protegia nas águas do Gila, ou do Colorado, ou do rio Colúmbia. O que significava que essas cartolas aguentavam uma chuvinha de verão, sem cheirar mal ou murchar enquanto seu proprietário estava na ópera, ou em algum outro lugar.

Se alguém queria ser alguém, tinha que ter uma cartola de uma das melhores chapelarias. E os castores do Oeste davam algumas das melhores cartolas.

E assim, do outro lado do país, num outro mundo, os homens selvagens desciam de novo a montanha e entravam na floresta por mais um ano, para garantir que esses sujeitos da cidade ficassem com a aparência certa em algum sábado da vida.

Pausa para falar do castor da América do Norte.

É uma criaturinha incrível. Nós ficamos como que imunes a suas maravilhas simplesmente porque vimos desenhos animados demais e lemos cartilhas ilustradas demais. E o castor fica logo no comecinho da cartilha.

Mas trata-se de um animal que evolui para derrubar árvores com os dentes! Que usa essas árvores para construir represas que criam lagos e redirecionam cursos d'água e ditam o rumo dos rios e as condições de vida de hábitats inteiros de peixes, aves e mamíferos. Que empilham pedras e gravetos e compactam lama com aquelas caudas, aquelas caudas incríveis. Tudo para criar lagos que servem como fossos para suas fortalezas.

Suas cabanas. No meio da água. Para proteger a eles e a sua família (eles formam casais que duram a vida toda), e para proteger seus filhos.

Essas casas são de paus e pedras e lama, que mantêm afastados os ursos, coiotes e glutões.

Mas... um momento para falar dessas casas.

Elas não conseguem manter afastados os homens, que sabem nadar, que sabem atravessar um rio a vau, quebrar madeira e escavar pedra e lama com ferramentas, com mãos calejadas e polegares opositores. E que conseguem matar um castor com uma pancada de bastão. Isso enquanto ele dorme.

Coisa que os homens selvagens faziam o ano todo. E depois subiam novamente a montanha.

Foi assim por anos e anos a fio. Pilhas intermináveis de peles. Encontros ruidosos. Anos de verdadeira abundância.

Mas num determinado ano os caçadores começam a conversar. Perguntam como foram os últimos doze meses para os outros, lá fora, neste último ano, sozinhos. E eles falam dos castores. Como foi mais difícil encontrar os castores, antigamente eles estavam por toda parte. Dezenas de milhões, ao todo. Mas não agora. Não mesmo.

E os homens trocavam dicas e segredos profissionais. Falando do rio que antes vivia cheio de animais. Mas não agora. De lugares em que nem adiantava tentar procurar. Não mais. Não mesmo.

E ficavam sentados em volta da fogueira, ouvindo histórias inacreditáveis, que mesmo assim eram verdade, sobre vales do Leste, sobre rios que cortavam as planícies, onde simplesmente não havia mais castores. Ouviam histórias de como uma das empresas que compravam peles tinha decidido eliminar de vez os castores do rio Snake, simplesmente para manipular o mercado. Essa era mais difícil de levar a sério que a dos pássaros petrificados. Mas pode escrever.

E montanha abaixo eles voltavam. E viam que havia ainda menos castores.

E montanha acima no ano seguinte. E os compradores pagavam uma nota para manter as cartolas bem fornidas de peles de castor.

E montanha abaixo. E olha, quase nenhum castor.

E montanha acima no ano seguinte. Os compradores pagavam ainda mais, pois os homens macios do Oeste precisavam de couro ainda mais macio.

E montanha abaixo. E o castor quase não existia mais. De milhões e milhões para mero fantasma.

Mas naquele ano nas montanhas enevoadas, sob as tantas, mas tantas estrelas, o rendez-vous selvagem foi bem menos selvagem. Eles foram até os compradores com as mãos cheias de peles, e ficaram sabendo que ninguém mais queria aquelas peles. E aí ficaram sabendo, ali, ao lado de alguma fogueira, de uma história em que era muito difícil acreditar.

Um dia, em alguma cidade, algum cavalheiro chegou a alguma festa em algum salão. E a visão daquele homem embaçou os monóculos dos homens elegantes. E fez palpitarem seus exuberantes bigodes sobre seus lábios trêmulos. Pois aquele cavalheiro, hoje perdido na névoa do passado, tinha na cabeça uma cartola de seda. Exatamente como a que, segundo os jornais que eles liam, o rei da Inglaterra já estava usando. Embora aquelas histórias fossem difíceis de se levar a sério. Mas ali estava uma delas. Bem ali com eles. Sobre a cabeça de algum pioneiro. E eles precisavam ter uma daquelas, ah precisavam!

Castor agora era tão antiquado!

E assim os homens selvagens precisariam encontrar outra coisa para caçar. O que eu posso apostar que foi um certo alívio para quem estava diante da possibilidade de ter que descer até lá mais um ano, pensando se o próximo castor podia não apenas ser o último que você pegava, mas o *último*, o derradeiro de *todos*. E assim os homens selvagens desceram de novo a montanha. Seguiram rumo a outras terras.

E os homens macios saíram com seus chapéus de seda macia. Que brilhavam tão bonito à luz dos candelabros.

E ainda existem castores no mundo.

Zulu Charlie Romeu

Como é que você sabe se é amor?

Como é que você sabe se é de verdade? Como saber o que a outra pessoa está sentindo? Como os outros podem saber do seu coração, mesmo quando ele está bem ali, à flor da pele? Como saber o que os outros têm?

Aquele casal ali?

Eles se amam? Ainda se amam? Se amaram um dia? Estão encenando um amor? Como é que nós poderíamos saber daqui de onde estamos, aqui ao lado deles?

Por um dólar por semana um homem chamado Mkano encenava uma vida. Você tinha que pagar vinte e cinco centavos para vê-lo fazer o que fazia, no verão de 1881. No Bonnel's Museum, no Brooklyn. Onde, ao lado da Gorda, do Magrelo, do Homem-Elástico com a pele que esticava, você encontraria Mkano, um dos seis homens conhecidos coletivamente como os Zulus Amigos de Farini.

Era um nome bem escolhido, que não podia deixar de intrigar uma plateia branca que gostava de criaturas exóticas, desde que não tivessem mais garras, desde que estivessem castradas.

O homem que escolheu esse nome era bom nessas coisas. Afinal de contas, tinha trocado até seu próprio nome. Passando de William Hunt, acrobata canadense de segunda categoria, quase famoso por andar numa corda bamba sobre as cataratas do Niágara, para Signor Farini, um misterioso europeu. Um dos showmen mais bem-sucedidos do século XIX.

E foi assim que o Grande Farini batizou Mkano de Charlie. Um nome totalmente americano para aquele africano. Distante de sua casa, na terra dos zulus.

Nós não sabemos exatamente como e quando o homem que acabou conhecido como Charlie Zulu passou a trabalhar para o homem que acabou conhecido como Farini. Mas foi em algum momento em 1879, logo depois de os ingleses tomarem uma surra monstruosa na primeira batalha do que acabou conhecido como a Guerra Anglo-Zulu. Os leitores dos jornais do mundo todo ficaram fascinados com as histórias dos ferozes guerreiros com suas lanças, que derrotaram os bem armados representantes do império colonial.

Farini sabia que esses leitores pagariam para ver de perto aqueles guerreiros. Então mandou alguém até a África do Sul para encontrar alguns.

As filas davam a volta na quadra. A primeira parada dos Zulus Amigos de Farini foi em Londres. Os ingleses correram para ver seu inimigo: olho no olho. Para avaliar os homens que venceram seus filhos, maridos, pais e amigos num outro canto do mundo.

E aí rumo a Nova York, ao Bonnel's Museum, onde Charlie e oito outros filhos da terra dos zulus recebiam vinte centavos por dia para viver uma vida zulu.

Ao menos as partes que os americanos achariam divertidas. Especialmente cantos e danças de guerra. Exibições de arremesso de lança. Dia após dia, durante todo o verão, eles aguentaram olhares, assovios e xingamentos. Ali no museu. Bem ao lado do esqueleto humano, do bebê elefante, da menina de duas cabeças. Dia após dia. A mais de dez mil quilômetros de casa.

Anita Corsini passava o dia dando aulas de piano. Tinha dezoito anos de idade. Era florentina. Recém-chegada aos Estados Unidos, como tanta gente naquele tempo. E, como tantos faziam, ela trabalhava para ajudar a sustentar sua família.

Mas seu pai permitia que ela ficasse com alguns trocados. E num dia de julho ela tinha uma moeda de vinte e cinco centavos num bolsinho costurado por dentro de um vestido feito em casa. E decidiu gastar a moedinha no Bonnel's Museum. E sair um pouco do sol.

Ela foi passando pelas atrações. Pelo maior casal do mundo. E pelo menor casal do mundo. Pode ter visto a exposição de gatos, ou a de bebês. Não se sabe. Mas o que nós sabemos é que ela acabou entre a multidão reunida para encarar, admirada, os Zulus Amigos de Farini. Talvez tenha aberto caminho até a frente do grupo. Ou talvez os homens tenham aberto um caminho para essa moça bonita, de cachos e olhos negros. E talvez alguns tenham ficado olhando para ela, enquanto ela olhava o espetáculo. Olhava Charlie Zulu e os outros homens com novos nomes, enquanto eles cantavam, dançavam e fingiam lutar.

Talvez aqueles homens tenham visto os olhos dela se arregalarem.

Como é que nós podemos saber se é amor?

Como analisar o desejo? Separar a parte física, a carne, o sangue quente, a trepidação e o estremecimento, do elemento romântico, da história que contamos a respeito da carne, do sangue e do estremecimento, tecida de frases gastas e descrições preexistentes de sentimentos. Anita Corsini chamou de amor à primeira vista. Ela sabia inglês o bastante para isso.

Há uma expressão em italiano: *un colpo di fulmine*. Um relâmpago de amor.

Talvez ela tenha usado essa expressão quando conversou com o pai, Tommaso, um homem que fazia mostruários para viver, e disse que tinha se apaixonado por um homem exposto numa espécie de mostruário. Quando contou ao pai que toda moedinha que ele a deixava guardar acabava sendo gasta no Bonnel's Museum. Para contemplar aquele homem da terra zulu. Para contar que acabou tomando coragem para conversar com ele, com esse arremessador de lanças e de relâmpagos. E que ele disse que também a amava, e a pediu em casamento. E que ela disse sim.

O pai...

Bom, o pai mandou prender a filha. Ela passou a noite na prisão de Jefferson Market, no West Village. Ele queria mandar a filha para o hospício da ilha Blackwell. Mas a polícia não quis ir tão longe assim. No fundo eles não podiam fazer muita coisa. O estado de Nova York era um dos poucos em que o casamento inter-racial era legalizado.

E assim Anita e Mkano acharam um reverendo no Brooklyn e juntaram os trapinhos no dia 25 de agosto de 1881. Um dos compatriotas de Mkano foi testemunha. O pai de Anita não compareceu.

E naquela mesma noite ainda, eles voltaram ao Bonnel's Museum.

O espetáculo não pode parar, coisa e tal... E Anita Corsini ficou sentada na plateia, usando um vestido roxo, um chapeuzinho de palha com uma pena branca. Nós sabemos porque um repórter do *New York Herald* estava ali para ver a noiva ver seu noivo.

Anita foi descrita como "decididamente formosa", com uma tez limpa e rosada, grandes olhos negros melancólicos, bochechas cheias e redondas e um nariz puro, aquilino. Mkano foi descrito como: "escurinho". Quando o repórter conseguiu falar com Anita depois do espetáculo, ele lhe perguntou sobre o amor do casal. Ele é meu Otelo, e eu sou sua Desdêmona, ela disse. Quando o repórter lembrou que na peça Otelo mata Desdêmona: nós nos amamos demais para isso, Anita disse. *Ingenuamente*, como o repórter decidiu registrar.

Vamos parar aqui.

Por favor olhe bem e examine a situação. Tire a conclusão que quiser a respeito daquele casal naquele momento da história, a respeito do repórter não identificado, de suas escolhas e intenções.

Muito bem.

O que é que nós podemos saber do amor dos dois?

Alguns historiadores fizeram o melhor que puderam para saber o melhor que pudessem. Tentaram examinar as pistas que o casal deixou nas raras ocasiões em que suas vidas passaram sob os holofotes. Um artigo do tipo "Onde andarão?", uma reportagem aqui, outra acolá, dos momentos em que os Zulus Amigos de Farini pegavam a estrada. Podemos encontrar Anita nesses poucos recortes. Escondida em algum dos parágrafos. Na plateia, vendo o marido. Mas não podemos saber sobre o que eles conversavam, como passavam o tempo.

Podemos mergulhar no contexto e ler a respeito da fluidez das identidades raciais naquele tempo, especialmente em Nova York, e ficar sabendo que Anita, a italiana, podia nem ser considerada branca. E podemos especular o quanto isso pode ter ou não causado impacto na forma como eles eram tratados na sociedade, ou como seu casamento foi recebido quando o mundo todo ficou sabendo.

Mas não podemos saber o que achavam um do outro. Do que eles mais gostavam. O que gostariam de mudar.

Podemos ler a respeito de Mkano, ou pelo menos a respeito do Charlie Zulu que aparece em transcrições e atas de processos legais em Nova York e em Londres. Em referência ao dia em que um frequentador do museu o provocou, xingando e lhe dando tapas nas pernas e nos ombros... e Mkano bateu com um bastão na cabeça dele. E podemos aplaudir a polícia por não fazer acusações. Podemos ler que ele liderou protestos por um contrato melhor, reclamou de ser entregue e vendido como gado por Farini. Podemos ler que o magistrado decidiu contra Charlie e os outros nomes rebatizados.

Mas também podemos extrapolar a partir de seus testemunhos. Uma iniciativa, um certo ímpeto. E podemos montar pedaços de um personagem, relances de um homem que um dia conheceu uma mulher.

Temos muito menos fragmentos da mulher, como acontece quase sempre.

Aquelas duas falas no jornal, valham o que valerem, são a única voz que a história concedeu a Anita Corsini. E é só o que nos resta da história de amor daqueles dois. De duas pessoas que se encontraram, quando estavam ambas tão longe de casa.

Não podemos conhecer o amor dos dois. Podemos apenas examiná-lo com cuidado por um momento, e deixar que suma. E podemos tentar lembrar, ainda que apenas por um momento, a coragem que é amar alguém neste mundo.

Corações ao alto

Um cartão-postal de Brevard County, Flórida. A data: 16 de julho de 1969.

O trânsito estava engarrafado por quilômetros. Há dias. Depois da meia-noite da manhã marcada. Dez horas na contagem regressiva. Foi quando as pessoas começaram a desistir, a abandonar seus carros, a seguir a pé. Iluminadas por faróis, com a trilha sonora dos rádios, de Pontiacs em ponto morto, grudados uns nos para-choques dos outros. Na estrada estreita junto ao mar.

A própria estrada tinha mudado muito. Em pouco mais de dez anos, desde que os Estados Unidos vieram a Brevard County lançar seus foguetes. Naquele tempo (1958, 1959) a areia cobria as duas pistas da estradinha. O mato crescia nas rachaduras e ondulava ao vento deixado pela passagem de imensos caminhões carregados de pedaços de foguetes, de combustível para foguetes. Ou carros de chapa branca, que traziam cientistas, astronautas e engenheiros, andando com os vidros abertos, talvez deixando a mão aberta planar na brisa do sul, sabendo exatamente quais forças estavam em ação quando moviam as mãos para cima e para baixo.

Agora havia quatro pistas, muito menos do que seria necessário num dia como aquele. Com um milhão de pessoas ali. Ou quase ali. Ou fazendo meia-volta e indo embora dali, decepcionadas por não poderem ver pessoalmente a decolagem da *Apollo 11*.

Os trinta e cinco mil quartos de hotel em Cocoa Beach e nos outros balneários estavam lotados. Lotados há meses. Assim como os campings e as próprias praias. E os estacionamentos: clareiras nas matas que cercavam a estrada, cheias de barracas e trailers, caminhonetes com a caçamba aberta. Para fogareiros. Para os pés de crianças mais compridas que seus sacos de dormir ali atrás. Acordando ao nascer do sol. Na manhã em que os homens iriam à Lua.

O presidente Nixon estava em casa. Assistindo no Salão Oval. Mas seu antecessor estava ali, nas arquibancadas separadas para os VIPs. Difícil mesmo pensar em uma pessoa mais VIP que Lyndon B. Johnson. Sentado ali com seu terninho azul. Sem óculos escuros. Só aqueles olhos apertados de um texano das montanhas. Ainda sendo chamado de sr. presidente, claro. Mas talvez ainda não tão acostumado ao fato de que aquilo não significava mais o que tanto significava poucos meses antes. Mas ainda assim...

Estar ali e receber os parabéns, merecidos, por levar o programa espacial àquela situação, à beira de fazer história, história de verdade, marcar a história da humanidade... Quando tudo aquilo podia ter dado errado tantas vezes, nesses últimos dez anos. Ele manteve o projeto andando, apesar dos custos e das barreiras científicas.

E apesar dos astronautas mortos.

Grissom. White. Chaffee. Mortos num teste de rotina. E os outros. Freeman, See, Bassett, Williams e Lawrence, pilotando seus jatos, parte do seu dia a dia.

E apesar do presidente morto.

Uma parte tão grande daquilo tudo era um sonho dele. Uma parte tão grande daquele dia foi preparada e discutida na Casa Branca naqueles anos. Não tantos anos assim, na verdade. Devia parecer ser mais.

Pés sobre a mesa. Bobby Kennedy com ele. Agora morto também com ele.

Mas Johnson não deixou o sonho morrer, garantiu que o trem não parasse, mesmo quando tanta coisa tinha dado tão errado nos últimos anos. Tantos outros sonhos deixados de lado.

Mas era o espaço.

Ele manteve a promessa em seus termos originais. A declaração de Kennedy de que eles poriam um homem na Lua antes do fim da década. Coisa de macho. Quase uma escolha arbitrária. Certamente irresponsável. Mas... eles estavam aqui agora.

E aqui estava Walter Cronkite, como sempre. Narrando os lançamentos desde o de Shepard em 1961. E aqui estava o resto do pessoal. A imprensa. Os de sempre. E os que só vinham para os maiores lançamentos.

Não foi ontem que a gente achava que todos eram grandes lançamentos?

Mas com o Vietnã, Bobby, o dr. King, Berkeley, Columbia, os levantes, aquilo do tal do Manson, semanas antes... com tudo isso, o que é um foguete a mais?

Mas agora era a Lua. Duas mil credenciais de imprensa foram liberadas. Para gente que vinha de todo canto. Em todas as línguas. Todas elas ocupando espaço, ocupando seu lugar de sempre. O lugarzinho em que você gostava de largar a máquina de escrever e o cinzeiro. Destruindo o seu plano de dar uma relaxada e perguntar àquele cara que você sempre via se ele tinha visto o Johnny Carson e o outro... como era o nome dele?... o comprido? Deve ter sido impressionante ver os dois. Eles vinham fazendo piada de todos esses caras na televisão. De todos os astronautas, de Lyndon Johnson, desde 1962.

E aqui estavam eles, bem ali com eles, não num dos barcos que lotavam os canais da lagoa Mosquito ou ficavam perto da praia, onde Alan Shepard, o primeiro americano no espaço, naquela mesma manhã foi apresentado a Charles Lindbergh, seu herói da infância. O homem que o fez querer voar. E um dos pouquíssimos homens que sabiam o que significava carregar em si as esperanças dos outros. E que sabiam o que significava viver dentro desses sonhos. Que conheciam o frio do ar que cobre o Atlântico Norte, ou o calor da reentrada. Ou a banalidade de dias e dias e décadas preso à Terra.

Mas aquele dia não era em nada como os outros.

Até os nativos dali, parados na praia, sabiam que não era um dia como os outros. Por mais que tivessem assistido a vários lançamentos ali, daquela praia, nesses dez anos. Claro que alguns deles nem podiam estar naquela praia dez anos antes. A praia só foi integrada racialmente em 1964. Quando a personalidade VIP de olhinhos apertados ali na arquibancada assinou o Civil Rights Act.*

O que deixou as pessoas terem sonhos um pouco maiores.

Mas não impediu que matassem Martin Luther King, aos trinta e nove anos de idade. Ou Martin Chambers, aos dezenove. Um menino de Tampa, que roubou uma câmera e tomou um tiro nas costas. E então veio o levante. Um entre tantos.

Difícil manter seu sonho no horizonte com tanta fumaça saindo das cidades.

Ralph Abernathy estava trabalhando por aquele sonho ali mesmo na estrada junto ao mar. O homem que assumiu as rédeas da Conferência da Liderança Cristã do Sul depois do assassinato de King. Lá estava ele conduzindo uma mula e cento e cinquenta manifestantes. Passando pelos carros estacionados e pelos acampados. Pelas bancas de vender limonada. Acusando aquilo tudo. Lembrando quantas cidades podiam ser reerguidas. Quantos cidadãos podiam ser alimentados, ensinados, treinados para empregos, não fosse o dinheiro gasto para lançar um único foguete.

Mas nem ele podia evitar olhar para cima, quando a contagem regressiva começou a regredir. Como poderia?

* Lei dos direitos civis que pôs fim à segregação racial. (N. E.)

Todos pararam.

O sujeito que virava hambúrgueres *lunares* na lanchonete Lunar. A mulher que lavava lençóis no Hotel Satélite. Gente que se mudou para lá porque ouviu dizer que haveria empregos. Gente que sonhava com uma vida melhor. Que talvez ainda não tivesse chegado lá.

Todos olharam para cima. Aquele milhão de pessoas.

E todos viram o clarão. E ouviram o troar. E sentiram tudo aquilo no corpo. Enquanto três milhões e meio de quilos de empuxo comprimiam a terra. E enquanto subiam três homens, portadores de sonhos.

A caminho da Lua.

E todos esticaram o pescoço enquanto o foguete subia sem parar. E seguraram a respiração. Todos eles. Por um minuto, corações ao alto. Até que o brilho que estava no céu saiu dos limites do seu campo de visão.

E eles desviaram os olhos.

E pensaram se era melhor esperar o trânsito melhorar... ou sair de uma vez e ir com calma.

O que bem entendesse

Mary Walker usava o que bem entendesse.

Seu pai seria o primeiro a dizer. Ele era fazendeiro e médico no interior. Embora isso não significasse tanto assim. Eram os limites da sua educação médica, que até onde sabemos ele obteve de livros que leu enquanto não estava arando os campos ou erguendo um celeiro.

Mas ele sabia o bastante a respeito do corpo humano para saber uma coisa: as roupas das mulheres, e as roupas das mulheres nos anos 1830, não pareciam fazer nenhum sentido.

Ele sabia que atar e comprimir o torso de uma mulher não podia fazer bem para coisas boas como inspirar e expirar. E, como fazendeiro, sabia muito bem que saias de crinolina, corpetes e anáguas e uma roupa de baixo insuportável eram coisas que nada tinham de práticas. Muito pelo contrário. Nos campos, no calor úmido de uma tarde de agosto, mesmo o mais forte dos homens desmontaria sob o peso de toda aquela feminilidade.

E além disso o sr. Walker tinha cinco filhos. Só um deles era homem. Aquelas quatro meninas tinham trabalho para fazer. E assim sua filha mais nova, Mary, ia usar o que bem entendesse. Calças, camisas e botas. Roupas de menino. Ou, como ela dizia: roupas.

Havia algo no ar ali, no norte do estado de Nova York, durante os anos da juventude de Mary Walker.

Era um tempo de espíritos, e de mulheres de espírito forte. Quando novas religiões foram fundadas. Os mórmons. Os adventistas. Os shakers. Uma depois da outra. Um tempo em que espíritas e médiuns diziam controlar o mundo dos mortos. E em que outras mulheres começaram a exigir a parte que lhes cabia deste mundo aqui.

Quando Mary tinha dezesseis anos, Elizabeth Cady Stanton, Lucretia Mott, Susan B. Anthony, Sojourner Truth e outras mulheres daquele período se reuniram em Seneca Falls. A meio dia de cavalo da fazenda dos Walker. E lá fizeram discursos e declarações, e de modo geral traçaram o ponto que serve de marco inicial para praticamente toda linha que quiser registrar o progresso que pôde ocorrer na vida das mulheres americanas.

Então havia algo no ar ali, naqueles dias.

E sem se ver presa por um corpete, a jovem Mary Walker teve a liberdade de respirar aquele ar.

Seus pais também. E quando Mary já tinha idade para isso, eles a encorajaram a se mudar para Syracuse e se matricular na única escola de medicina de toda a América do Norte que aceitava mulheres.

Lá ela conheceu um rapaz. Outro estudante. E os dois sonhavam com a vida simples que levariam depois da formatura. Eles queriam encontrar alguma cidadezinha pequena que precisasse de dois jovens médicos cheios de energia e se instalar ali.

Ele teria seus pacientes, ela teria seus pacientes. Eles comprariam uma casinha. Conversariam sobre seu dia de trabalho enquanto jantavam, sobre coisas engraçadas que os pacientes disseram. Talvez ficassem sentados na varanda contando os vaga-lumes.

Uma vida simples, familiar. Talvez nem tão diferente da que você está levando, ou da que uma criança pode viver ainda hoje. Mas claro que não era "hoje".

E querer viver essa vida naquele tempo, tentar alcançar esse simples e corriqueiro sonho, já era um ato bastante radical.

E os cidadãos de Rome, no estado de Nova York, não iam aceitar uma coisa dessas. Eles não queriam uma médica mulher. E parece que nem o marido de Mary queria.

Ele a traiu.

E o casamento e o simples sonho acabaram antes de ter começado de verdade.

Em outubro de 1861, seis meses depois que uma bandeira confederada subiu no Forte Sumpter, Mary Walker passou pelas poças deixadas na lama pelos soldados carregados, pela cavalaria e por carroças que quase não conseguiam avançar pela estrada sulcada, enquanto homens feridos, recém-saídos da batalha, estremeciam a cada sacudida, enquanto as carroças que os levavam abriam caminho até os hospitais improvisados espalhados por toda a capital federal. Por dias a fio, desde que chegou, Mary andou por toda a cidade, com o domo inacabado da capital se destacando sobre as construções baixas, servindo de orientação enquanto ela ia de hospital em hospital oferecendo ajuda.

A Guerra Civil estava sendo travada bem perto de Washington. O corpo médico do Exército não conseguia mais dar conta e pedia desesperadamente que outros médicos se apresentassem. Mas quando ela chegava à porta de um deles, olhavam para aquelas roupas, calças cobertas de lama, e pediam a ela que pusesse um vestido e um corpete. E se alistasse como enfermeira.

Mas Mary Walker usava o que bem entendesse. E Mary Walker não era enfermeira. Ela era médica. Ela mostrava suas credenciais e cartas de recomendação. E eles mostravam o caminho da rua.

Repetidamente.

Até que ela encontrou um cirurgião progressista (ou desesperado) o suficiente para aceitar sua ajuda. De calça e tudo mais. Por três meses Mary Walker trabalhou como médica de guerra num hospital temporário no escritório de patentes do governo dos Estados Unidos. Todo dia cedo ela cruzava o piso de mármore, sob o teto abobadado, e passava pelos mostruários de modelos de patentes. Versões miniaturizadas de máquinas e aparelhos que seus inventores enviavam para demonstrar sua ideia. Avatares tridimensionais de engenhos e sonhos que seus criadores esperavam que fossem reinventar o mundo de maneiras grandes e pequenas.

E lá estava Mary Walker, basicamente igual a eles. Um modelo de tipo de vida que ainda estava por vir. Num futuro em que as mulheres poderiam dar receitas, tratar ferimentos e usar as roupas que quisessem.

Seu chefe ficou impressionado com ela. E quando Mary lhe pediu que escrevesse uma carta de recomendação, e pediu uma lotação adequada ao Ministério da Saúde, um trabalho oficial com pagamento e uma patente militar adequada a uma cirurgiã assistente do Exército, ele ficou feliz de poder ajudar.

Mas a lotação não veio.

Então Mary foi embora.

E nos três anos seguintes ela andou de acampamento militar em acampamento militar, de batalha em batalha. Encontrava um cirurgião desesperado que precisava de mais um par de mãos, que naquele momento não se importava que as tais mãos estivessem presas ao corpo de um homem ou de uma mulher. E durante os três anos seguintes, ela tratou dos doentes e feridos.

Suturava feridas. Removia balas e estilhaços. Extirpava membros e dentes. Segurava panos frios contra testas febris. Dava a mão aos alucinados, aos moribundos.

E durante aqueles três anos, repetidamente, ela pedia uma lotação. Pedia o pagamento adequado. E um uniforme de cirurgiã assistente no valoroso Exército da república. E lhe diziam que as mulheres não tinham direito de ser médicas no Exército. Ela não podia ter uma patente. E não podia usar o uniforme.

Mas Mary Walker usava o que bem entendesse. E fez seu próprio uniforme, com a casaca dos oficiais e a faixa de tecido verde dos cirurgiões. E as calças de listras douradas de... bom... as calças de listras douradas de Mary Walker.

Os médicos homens ficaram confusos. Muitos se ofenderam. Não sabiam o que fazer com ela. Mas não podiam ficar sem ela.

E ela continuou trabalhando. E num dos melhores exemplos de todos os tempos de uma pessoa se vestir conforme a posição que pretendia alcançar, sua lotação chegou. E ela foi nomeada cirurgiã assistente do Exército do Cumberland e enviada para o front oeste.

E quando depois foi capturada e passou quatro meses num campo de prisioneiros de guerra dos confederados, e depois libertada durante uma troca de prisioneiros, ela ficou orgulhosa ao saber que tinha sido trocada por um major.

E no fim da guerra a dra. Mary Walker recebeu uma condecoração por sua bravura a serviço do país como cirurgiã. Recebeu uma pensão de enfermeira. Era obviamente injusto, mas acabou sendo útil. Porque ela precisava do dinheiro.

Com a guerra encerrada, com tempos de menos desespero, não havia mais trabalho para uma médica. Nem mesmo para uma legítima heroína americana.

O mundo tinha ficado louco por meia década, e agora precisava era de ordem, normalidade e adequação social, as pessoas diziam. Que homens fossem homens e mulheres, mulheres...

Mas Mary Walker usava o que bem entendesse. E o que usava acabou se transformando na causa que defendeu por toda a vida.

Algumas mulheres lutaram pelo direito de votar; algumas mulheres lutaram pelo direito de trabalhar: Mary Walker lutou pelo direito de usar o que bem entendesse.

Foi presa inúmeras vezes em inúmeras cidades. Não por se acorrentar a uma urna, nem por trancar a porta da prefeitura.

Mas simplesmente por usar calças. Mas, ainda assim, Mary Walker usava o que bem entendesse.

Lembre-se disso talvez quando for vestir shorts para correr. Ou roupas esterilizadas, para remover uma vesícula biliar. Ou leggings, para ir à escola. Ou uma calça jeans para deixar as crianças na creche antes de ir votar, a caminho do hospital.

Mary Walker viveu até uma idade bem madura. Entrando no século seguinte.

Viveu o suficiente, infelizmente, para receber a carta que informava que as regras que determinavam os padrões de distribuição das condecorações de guerra tinham mudado e que, como ela nunca esteve sob fogo direto, teria que devolver a sua. Mas ela não devolveu.

Porque Mary Walker usava o que bem entendesse. E usou aquela medalha todo dia. Até morrer, três anos depois, em 1917.

Nº 116842

A mente voava longe.

Como evitar, na tecelagem? Doze, catorze horas por dia. As mesmas máquinas barulhentas. Colegas barulhentos. Os mesmos cheiros. A mesma luz chapada de inverno. Tufos de algodão, feixes de fios. Rubros, marrons e azuis. Flutuando na corrente de vento que entrava por entre o vidro e os tijolos.

Estalidos e sussurros dos teares.

O mesmo algodão macio que você puxa firme com dedos calejados enquanto forma mais um rolo de tecido.

Linha a linha. Momento a momento. Dia a dia a dia a dia a dia a...

A mente das mulheres da tecelagem voava longe, como seus olhos corriam para a janela. Para as nuvens baixas. Para os rastros de cervos na neve e no gelo sobre o rio. Que corre logo ali abaixo e gira a roda, que gira as engrenagens do tear. Mas você tem que buscar a mente de novo, para a máquina não emperrar. Para você não se machucar. Para não esquecer por um momento os movimentos que já sente até dormindo. O algodão macio que você puxa firme com dedos calejados.

Mas a mente voava. E pensava se não haveria vida melhor para você. Pensava se os poucos dólares que você ganhava por semana compensavam os dias que começavam horas antes da aurora e terminavam horas depois do crepúsculo, fosse isso quando fosse. Se esses poucos dólares um dia comprariam mais que um livro, ou um pincel. Alguma breve distração levada para casa num saco de papel. Pensava se algum dia você ia encontrar um homem com quem se casar, um homem que tirasse você da tecelagem. Quando tudo que você via, o dia inteiro, eram mulheres. E homens com quem não podia falar, para que sua mente não começasse a voar longe. Como voava agora.

Volte à máquina. Aos barulhos e barulhos. Dia a dia. Sem parar.

A mente de Margaret Knight voava. E como não voar?

Tinha doze anos de idade. E era nova nessa tecelagem, rio abaixo, perto de Manchester, New Hampshire. Talvez voasse até sua mãe, lá fora, no frio. Tendo que cuidar sozinha da fazenda, desde a morte do pai de Margaret.

Era melhor aqui?

Pelo menos havia o calor dos outros corpos nos bancos. Apesar do barulho que faziam. Pelo menos havia os tufos de algodão. As meadas de fios coloridos que flutuavam pelo ambiente. Bonitas, de certa forma.

Mas ela teria ouvido, das outras meninas e mulheres, que não devia deixar a mente voar. Que devia ficar de cabeça baixa, com os olhos no que estava fazendo. Sem se preocupar com o algodão macio que puxava firme com dedos macios. Os calos viriam. Mas sua mente voava.

De volta às aulas.

Ela adorava a escola. Mas aqueles dias tinham chegado ao fim.

De volta aos brinquedos de madeira que ela mesma fazia. Os trenós que concebia e construía para os irmãos. Que eles todos usavam para descer a colina da montanha em dias como aquele. Antes de ela ir trabalhar na tecelagem.

Sua mente voava.

Mas um dia ela estava atenta o suficiente para ver uma mulher operando seu tear, e para ver a lançadeira, a peça de metal que levava a linha entre a trama e a urdidura, voar pelos ares e rasgar o rosto de um homem, que caiu ao chão. Ela viu levarem o homem embora. Viu alguém limpar o sangue... e ouviu os teares recomeçarem seu barulho.

Naquela noite a mente de Margaret voou. Voou de volta àquele dia, ao homem caído e ao sangue no chão. E à máquina, cujos movimentos tinha passado a conhecer tão rápido. E cujas peças podia visualizar com tanta clareza. E desmontar mentalmente. Brincar com as peças no ar. Compreendendo intuitivamente como uma se ligava à outra. O que aconteceria se essas ligações se alterassem.

Ela conseguia fazer isso tudo.

Ela provavelmente nem entendia direito o quanto era raro alguém conseguir fazer isso tudo. Pois quantas pessoas teria encontrado, em seus doze anos de vida, que conseguiriam? Quantas pessoas ali no moinho teriam tido tempo de perceber aquilo? Quantos professores teriam pensado em alimentar aquela habilidade? Em New Hampshire, em 1850?

Numa menina?

Mas de alguma maneira alguém ali no moinho levou Margaret Knight a sério.

Quando ela chegou com um objeto de madeira, uma invenção que tinha concebido quando sua mente voava, e que fazia as máquinas pararem automaticamente quando algo dava errado. E de alguma maneira, o aparato concebido por ela se tornou padrão, por décadas e décadas.

Não que Margaret Knight tenha ganhado dinheiro com ele. E é fácil imaginar por quê. Sua família quase certamente não sabia nada de patentes, ou do que significavam aqueles números nas máquinas que Margaret conseguia desmontar mentalmente. Margaret com certeza não tinha aprendido nada a respeito daquilo.

Ela era menina.

A história perde o rastro dessa menina da tecelagem.

E a encontra de novo já mulher, com cerca de vinte e oito anos de idade. Trabalhando numa fábrica de sacolas de papel em Springfield, Massachusetts. Ela pouco nos diz sobre como a menina passou os anos que a separam da mulher; e nada nos diz sobre como ela se sentia ao ver aqueles teares equipados com o equipamento de segurança inventado por ela. Nem nos diz se algum dia sua mente voou, pensando no dinheiro que algum homem ganhava vendendo o equipamento a todos os donos de moinhos, enquanto ela transformava horas de vida em tostões, que lentamente costurava para formar dólares.

Mas mesmo sem poder contar com o registro histórico para nos dizer com segurança o que ela fez durante todos esses anos perdidos, ela trabalhou.

E em 1867 ela passou praticamente cada hora de praticamente cada dia dobrando e colando e cortando papel. Ou só dobrando. Ou dobrando e cortando, mas sem colar. A história ao que parece não gravou o que exatamente acontecia na fábrica de sacolas Columbia, de Springfield, Massachusetts. Mas nós sabemos que as regras eram as mesmas que regiam o trabalho na indústria têxtil.

Fique de cabeça baixa. Não deixe a mente voar.

E sabemos que ela não conseguia evitar.

Por dois anos a mente de Margaret Knight voou para a mesma ideia. Uma máquina. Com engrenagens e alavancas. Ela havia montado todas as peças mentalmente, enquanto ficava sentada dobrando e /ou colando e /ou cortando. Ela virou tudo, recolocou as peças. Tentou de novo. E à noite, ou na hora do almoço, pegava um lápis e um papel (certamente não haveria de faltar papel ali) e anotava a ideia.

O capataz da fábrica reclamou. Disse para ela ficar de cabeça baixa, e ficar com a cabeça no trabalho. Mas em casa ela pegou um pouco de madeira e pegou aquela ideia, uma máquina de fabricar sacolas de papel, e a construiu em miniatura. E depois mandou essa miniatura a um torneiro mecânico em Boston, para fazer um modelo com minúsculas engrenagens.

Que, quando acionadas, podiam transformar uma minúscula folha de papel em uma minúscula sacola de papel.

Mas quando foi mandar o modelo, seus desenhos e o formulário para o escritório de patentes, disseram para ela nem se dar ao trabalho. Uma máquina idêntica já tinha sido apresentada. E estava para ser aprovada.

Então Margaret foi procurar um advogado. E eles descobriram que um homem na oficina do torneiro tinha visto seu modelo, e tinha ficado tão impressionado que também fez um. E disse que era seu.

O advogado também disse a ela que custaria cem dólares por dia para levar esse processo ao tribunal de patentes. Ele pode até ter lembrado que isso era quase dez vezes o que ela ganhava por semana. Mas Margaret Knight tinha passado a vida trabalhando com tarefas de que não tinha como gostar. Ficando de cabeça baixa. Ouvindo que não podia deixar a mente (aquela mente impressionante) voar longe. Transformando horas em tostões, que costurava para fazer dólares.

No que mais ela ia gastar seus dólares?

Então por dezesseis dias, e mil e seiscentos dólares, Margaret Knight lutou por sua patente. O argumento do homem que roubou seu projeto era que aquele tinha que ser seu projeto, já que ele era um "ele". Era uma máquina complexa e engenhosa, que ficava além da capacidade intelectual de qualquer mulher. Ainda mais de uma mulher que dobrava e /ou cortava e /ou colava sacolas de papel para ganhar a vida.

Bem...

Margaret Knight prestou seu testemunho, mostrou ao juiz suas anotações, mostrou seu modelo de madeira, contou como a máquina funcionava. Contou que apenas uma mulher, que tinha dobrado, cortado e colado sacolas de papel o dia todo, todo dia, teria tanta necessidade de inventar uma máquina que a libertasse das dobras, dos cortes e da cola.

E ela ganhou.

E recebeu a patente nº 116 842. A primeira patente concedida nos Estados Unidos a uma mulher. No século XIX.

Ela vendeu os direitos de uso a uma fábrica de sacolas de papel em Connecticut. Por dois mil e quinhentos dólares. E por vinte e cinco mil dólares de royalties. Foi o bastante para pagar suas custas judiciais. Porém, mais importante, era o bastante para permitir que sua mente voasse longe.

Quando o *New York Times* a encontrou, em 1913, ela estava com setenta anos, e trabalhava animadamente em sua octagésima nona invenção. Ela morreria no ano seguinte.

Os historiadores não sabem exatamente se aquele número é correto. As oitenta e nove invenções. Há quem sugira que pode ter sido um número muito maior. Parece que ela patenteou vinte e duas. Uma ferramenta automática para perfurar ou aplainar superfícies cilíndricas. Um motor de combustão interna. Um motor rotatório. Um protetor de saias.

As pessoas lembram que ela nunca casou. Tudo bem. Vai ver ela nem queria casar.

Talvez nunca tenha encontrado o homem certo. Um homem que se encaixasse nessa vida que ela estava inventando. Talvez um homem nem fosse o que ela desejava. A única coisa que sabemos com certeza é que ela não precisava de um homem.

As pessoas também lembram dos meros trezentos dólares que Margaret tinha quando morreu. E percebem a diferença entre o espólio de uma mulher que os jornais chamavam de Thomas Edison de saias e o espólio do Thomas Edison de calças.

Mas eu quero lembrar que ela pode não ter tido necessidade de uma fortuna. Sem herdeiros. Numa bela casa num bairro bonito. Com espaço disponível para criar.

Com tempo para deixar a mente voar longe.

Um pintor na paisagem

O espécime tinha aproximadamente cento e oitenta centímetros de altura.

Pesava cerca de setenta e dois quilos. Cabelo grosso, castanho no momento da observação. Julho de 1817. Num campo de mato alagadiço localizado a noroeste de Louisville, Kentucky.

O espécime mostrava visão aguçada. E a capacidade de se mover com agilidade mantendo, ao mesmo tempo, um comportamento discreto e silencioso. Para poder seguir melhor sua presa. Suas vocalizações, apesar de pouco frequentes no ambiente, já que, repetimos, a discrição era componente vital de sua estratégia de caça, eram interessantes pela variação de tom, de altura e de volume.

E por seu sotaque francês.

Que era famoso por fazer as senhorinhas se derreterem.

E foi assim quando o espécime, nascido Jean-Jacques Audubon, numa plantação que pertencia aos seus pais, no Haiti, em 1791, conheceu a srta. Lucy Bakewell, na propriedade da família desta, na Pensilvânia. Ele tinha dezoito anos. Um a mais que ela. E tinha emigrado para os Estados Unidos um ano antes, quando mudou seu nome para uma versão mais americanizada: John James Audubon.

E Lucy Bakewell nunca tinha conhecido alguém como ele.

Com seu cabelo comprido e solto. O sotaque. E aquele fogo, aquela coisa no olhar. Ela certamente não tinha visto aquilo nos homens da sua própria família, não em seu pai firme e aristocrático, o cavalheiro inglês que pregava as virtudes da disciplina, de um lar tranquilo, com filhas tranquilas. Que uma vez pegou Lucy e as irmãs às lágrimas por causa dos dissabores de um casal de apaixonados num romance sentimental... e jogou o livro na lareira.

Esse jovem visitante, esse rapaz singular, com aquele cabelo, aqueles olhos, e com o charme dos franceses, tinha muita vida. Do tipo que você não pode nem consegue ignorar. Especialmente se você é uma menina de dezessete anos. Especialmente quando tudo que você conhece de amor é o que viu naquela casa.

E talvez ela tivesse apenas dezessete anos. Mas já tinha idade para saber o quanto aquele amor parecia diferente do que tinha visto naquele romance, agora na lareira.

Lucy Bakewell tinha ouvido a vida inteira que tipo de vida teria. Como filha de um Bakewell, como esposa de algum cavalheiro com o selo de aprovação dos Bakewell. Como a mãe de uma quantidade aceitável de Bakewells hífen outro sobrenome. Mas uma vida com aquele Audubon... quem poderia saber aonde ia dar?

Então ela se apaixonou perdidamente. Ele também.

De sua parte, Audubon escreveria em sua correspondência (ou gritaria aos quatro ventos, porque era um rapaz que faria coisas como gritar aos quatro ventos) que se apaixonou por ela naquele primeiro momento. Ali na sala de estar da casa dos pais dela. Quando soube, conforme escreveu, que seu coração seguiria cada um dos passos dela.

Papai não ficou feliz. Mas quando era que o papai ficava feliz, mesmo?

E Lucy e John James casaram. E logo depois partiram para as florestas do Kentucky, vivendo a vida de aventuras que tinha sido prometida por aquela coisa no olhar do rapaz.

Lucy gostou de saber, naqueles primeiros anos, que John James era a pessoa que pareceu ser naquela sala de estar. Era impulsivo, engraçado, corajoso. E bom de cama, segundo as cartas do casal. Ele adorava dançar, patinar... além de música, natureza, barulho. E ela o amava ainda mais por causa disso. E, talvez acima de tudo, ela ficou sabendo, ele amava pássaros. Sabia seus nomes, passava horas olhando pássaros no topo das árvores meneantes.

O dia todo. Espreitando. Caçando e estudando os espécimes que coletava. E aí passava um arame fino pelo corpo dos pássaros, e outro pelas penas da cauda, e outro pela cabeça... e prendia os corpos numa tábua, com carinho, ajeitando a abertura das asas, a pose delicada do bico. E desenhava.

E os desenhos... os desenhos eram sensacionais. Pura e simplesmente.

E Lucy tinha como saber. Ela era uma Bakewell, criada para ser uma grande dama. Tinha frequentado boas escolas, ido a museus e admirado pinturas e gravuras. Tinha examinado quadros nos belos volumes das prateleiras organizadas da biblioteca exemplar da família. Havia tanta vida atribuída àquelas aves mortas...

E isso fez com que ela o amasse ainda mais.

E aquele amor foi útil. Para dar ânimo à vida dos dois, em tempos duros na fronteira. E nos dias solitários em que John James ficava por conta própria. Ou ficava só com seus pássaros.

O casal tinha um armazém de secos e molhados em Louisville. Os negócios andaram bastante bem por um tempo. E um dia um escocês, com sapatos bons e colarinho alto, entrou na loja querendo vender, em vez de comprar.

Seu nome era Alexander Wilson, e ele estava viajando pelos Estados Unidos, criando uma *ornitologia*: um estudo abrangente das aves da nova nação. E será que o sr. Audubon gostaria de dar uma olhada nas amostras das pinturas das aves que Wilson trazia consigo, numa pasta? E talvez o sr. Audubon quisesse assinar a ornitologia, para receber cópias da obra quando estivesse pronta?

Ele já tinha vendido centenas de dólares em assinaturas.

Ah. Será?

Então ali estava Audubon, depois de ter passado os últimos anos de sua vida fazendo uma coisa extremamente específica. E no seu armazém de secos e molhados entra aquele que talvez seja o único outro homem da América que vinha fazendo a mesmíssima coisa. John arregalou os olhos.

Então olhou para os desenhos. E arregalou ainda mais os olhos. Recusou a assinatura.

Naquela noite John e Lucy devem ter rido como passarinhos.

Porque o trabalho de Wilson era uma *merda*.

Um desastre total. Seus desenhos eram nada menos que caricaturais. Mesmo se você os considerasse apenas como obra de referência científica. As proporções estavam todas erradas. As cores, a posição das penas, o formato das patas... tudo estava errado. E os desenhos de Audubon... os desenhos de Audubon eram arte.

Não se tratava apenas de espécimes reproduzidos para serem estudados. Eram criaturas reanimadas. Momentos não apenas capturados no tempo, mas criados e aperfeiçoados, e povoados de vida, de corpos com substância, com iniciativa. Olhos de uma inteligência aguda que vinha dos próprios animais, uma inteligência de aves. Uma criatura tratada como devia ser tratada. Com respeito e encanto. Foi isso o que Lucy viu.

Ali na página. Ali, no seu marido.

E ela amava o marido. E ele a amava, não tenha dúvidas. Quando você lê as lembranças que eles registraram desse tempo no Kentucky... gente jovem numa terra jovem, mergulhando nus no rio Ohio, criando filhos, Lucy em casa tocando piano, John James em seu elemento natural, lá com os pássaros, pintando e sonhando... você não tem como duvidar que as coisas estavam bem.

Por um tempo.

Mas então a loja de John James faliu.

Muitas quebrariam naquele tempo. A economia estava ruim para todos. Mas John James também não facilitou para a família: uma decisão errada atrás da outra. E Audubon acabou preso por suas dívidas. E em bancarrota. E eles tiveram que vender tudo. A loja. A casa. O piano de Lucy.

Foi horrível.

E a filha deles, de apenas dois anos, morreu logo depois. Outra filha morreu também, com apenas sete meses. E eles não tinham mais nada além dos dois filhos homens, da dor e do amor. E da arte dele. E se lembraram do dia em que o escocês apareceu com aves que nem se comparavam às de Audubon. Não se comparavam nem às aves. E se lembraram do livro. E que as pessoas mesmo assim tinham comprado o livro. E bolaram um plano. Um sonho, no fundo.

John James começaria a pintar as aves da América. Cada uma delas.

Cada uma seria capturada, presa, posta de pé, pintada. Todas em tamanho natural. Num livro diferente de tudo que o mundo já tinha visto. E ele voltaria com riquezas. Uma compensação para o investimento que era a devoção de Lucy.

Ele faria isso tudo. E ela simplesmente manteria a fé nele.

E claro que ela conseguia fazer isso. Aquele homem tinha algo nos olhos. Ainda tinha.

John James Audubon foi pintar seus pássaros. Foi até a Louisiana. Embrenhou-se na mata. O casal trocava cartas apaixonadas. Sobre o quanto Lucy e as crianças tinham saudade dele, mas estavam se virando. Lucy trabalhava de tutora, em troca de casa e comida, na casa de uma família de posses. Eles tinham quase nada, além da fé no trabalho de John James.

Ela lhe falava disso.

De como sua fé a mantinha de pé. Que ela estaria ali, à espera, até poderem estar juntos.

Enquanto isso ele ganhava trocados desenhando retratos de homens e mulheres de posses. Escrevia para Lucy dizendo o quanto sua própria fé vinha crescendo. Que seu trabalho estava melhorando. Escrevia contando suas experiências, sozinho ali na natureza. Um artista no mundo. Falando de uma mecenas rica que o convidava a sua casa para pintá-la, nua.

E não eram maravilhosas essas experiências que ele vinha tendo?

E ainda assim Lucy o apoiava. E dizia que ficaria esperando por ele. E que aguentaria as dificuldades de criar sozinha dois meninos, com pouco mais do que o teto que tinham sobre a cabeça.

E isso foi se prolongando por anos a fio. Ele escrevendo e falando de suas aventuras e de sua arte. E ela escrevendo, falando de seu amor. E das contas por pagar. E de uma vida que não parecia mais a aventura prometida pelos olhos do rapaz, anos atrás.

Mas ainda havia muita coisa à espera de John James.

E suas aventuras o levaram à Inglaterra. A Liverpool, onde bastou as pessoas baterem os olhos nesse homem de cabelos compridos, com aquelas roupas de explorador e aquele brilho nos olhos, para também ficarem hipnotizadas.

Semanas depois de ter chegado a uma nova nação, sem contatos, sem apresentações, ele tinha uma exposição na maior galeria da cidade. Estava sendo convidado a jantares e coquetéis, era apresentado a gravuristas e investidores. Em poucos meses estava claro que o plano todo daria certo. Que o sonho viraria realidade.

Ele escrevia para Lucy falando desse sucesso extraordinário.

Mandava cópias dos convites que recebia para festas fabulosas. Dizia que não podia esperar a hora em que ela estivesse com ele naqueles lugares. E ela respondia, dizendo o quanto seu sucesso lhe dava prazer, e que ela só precisava ajeitar umas coisinhas em casa, cobrar algum dinheiro que seus alunos de música lhe deviam, para poder pagar a passagem para a Inglaterra. E ele escrevia de volta, e no fundo parecia nem querer que ela fosse.

Sem explicações.

Só que agora ainda não era a hora. Ah, e ele tinha esquecido de contar dos lordes e das damas. E de como todos o adoravam. Que ele estava usando meias de seda e fazendo a barba todo dia, com boa aparência...

Ela esperava uma carta. Meses.

Como assim agora ainda não era a hora? Quando podia não ser a hora de eles estarem juntos? Quando seria a hora, senão agora?

E eles trocavam cartas. Ela cada vez mais irritada. Ele cada vez mais... mais. Mais rico. Mais famoso. Mais ególatra. Mas também mais receoso... Com receio de ter exagerado ao afastar Lucy. De ter abusado demais da paciência dela. De ter testado sua fé além do limite.

Ele pediu ao gravador que não incluísse sua assinatura em uma das gravuras. Que colocasse ali o nome de Lucy. Como sinal de que a arte não existiria sem ela. Que ele não seria quem era sem ela. Mas mesmo assim não parecia estar com pressa de estar com ela. Como Lucy apontava nas respostas às cartas dele, com objeções aos seus planos de usar outros dezesseis anos para concluir *As aves da América*. Com objeções ao seu desdém.

Pois imagine a situação de Lucy. Sabendo que o mundo estava vendo no seu parceiro o que ela tinha visto desde o primeiro momento, na sala de estar da casa do pai, anos atrás... e presa, como inquilina de uma casa num canto perdido da Louisiana, espremendo significado de missivas enviadas meses antes.

John James Audubon imaginou a mesma coisa.

Aos quarenta e um anos de idade, depois de vender milhares e milhares de dólares de reproduções de aves. Para bibliotecas, lordes e damas. E para o rei e a rainha da Inglaterra, inclusive. Ele tinha visto seus sonhos virarem realidade. Mas na realidade estava prestes a perder a esposa.

Então ele correu para casa. Na medida em que uma viagem que atravessa um oceano, que atravessa mais de mil quilômetros de matas, pelo rio Ohio, pelo Mississippi, pelos alagados da Louisiana pode ser considerada uma corrida.

Mas o trecho final... o trecho final foi definitivamente uma corrida. Num cavalo emprestado, rumo ao quarto emprestado que sua mulher ocupava. Onde ele a encontrou dando uma aula de piano, e chamou seu nome, parado à porta. E eles caíram um nos braços do outro e juraram nunca mais se separar.

E isso foi, quase, o que fizeram.

Ela foi com ele para a Inglaterra, e com ele voltou aos Estados Unidos. Retomando a vida de aventuras prometida tantos anos antes. A vida que Lucy teve que botar em espera, enquanto John James vivia a dele.

Mas essa aventura conjunta não durou muito tempo. Primeiro ele perdeu a visão. E não conseguia mais desenhar. Mas, pior, ele perdeu também o juízo. E a memória. Alguma forma de demência. Alzheimer, conforme se entende hoje.

Aquela coisa no olhar, aquele fogo, aquela vida tinha se extinguido anos antes de ele morrer. De manhã, em Nova York, quando saía para olhar os pássaros.

Lucy viveu sem ele por vinte e um anos. Mais vinte e um anos. E durante esses vinte e um anos ela deu aulas. Um dos seus filhos perdeu todo o dinheiro da família. O outro sofreu um acidente, e ela passou três anos cuidando dele, até que ele morreu.

Ela vendeu as pinturas de John James. Teve que vender. E as chapas que tinham sido usadas para a impressão de *As aves da América*.

A palavra que as pessoas usam para falar de Lucy Bakewell Audubon nesses últimos anos que antecederam sua morte é "miserável". E a palavra parece justa.

Ela morreu aos oitenta e sete anos, numa cama na casa de um irmão. Num dia de junho de 1874.

Talvez não seja o pior lugar para o fim de uma vida.

Mas um lugar difícil para o fim de uma história.

Então vamos pegar Lucy Bakewell. E John James Audubon. E vamos reposicionar os dois. Erguer só um pouquinho o queixo de cada um deles. Vamos eliminar o cenário: o quarto da casa do irmão. Vamos escolher um ambiente de outra época. Antes das dificuldades, antes do Alzheimer. Antes das promessas descumpridas. E vamos colocar os dois numa carroça, rumo ao Oeste. Rumo à fronteira e ao desconhecido. A casa do pai de Lucy desaparecendo no horizonte...

Um jovem casal, recém-formado, numa nação ainda jovem. Com um sorriso no rosto. E aquela coisa no olhar...

A roda

E se eles simplesmente roubassem o barco?

Eles podiam conseguir. Seria perigoso mas... e se eles simplesmente roubassem o barco?

Eles tinham os homens. Oito ali eram de confiança. Eram bons marujos e sabiam ficar de boca fechada. Os homens, eles tinham.

E, para falar a verdade, provavelmente Robert conseguiria fazer tudo sozinho. Ele tinha trabalhado em tudo quanto era tipo de navio. Escunas e chalupas. Vapores com rodas laterais como o *Planter*. Era só deixar que ele pusesse as mãos no leme.

E Robert Smalls conhecia aquelas águas. Havia anos que navegava por ali. Conhecia cada enseada, cada ilha. Sabia ler as marés, intuía as mudanças das correntezas. Ler de verdade ele não sabia: ninguém ensinava um escravo a ler. Mas tinha aprendido sozinho a interpretar as cartas náuticas. Não que fosse precisar delas. Não por aqui.

Ele era piloto do *Planter* havia meses. Levando soldados e equipamentos do Exército confederado por todo o litoral. Sabia onde ficavam todas as minas no canal que cercava Charleston. Porra, ele estava ali quando instalaram as minas!

Ele podia conseguir. Podia mesmo.

E se eles simplesmente roubassem o barco?

Tinha começado como uma piada. De um dos outros escravos que trabalhavam no *Planter*. Mas a piada perdeu a graça. Eles começaram a falar sobre isso à noite, passaram a fazer planos. A guerra já durava um ano. Um ano desde que o Forte Sumpter, ali na entrada do porto, desfraldou a bandeira de Jeff Davies. Mas os ianques estavam chegando perto. Tinham recuperado a ilha Beaufort, logo ali no litoral. A mãe de Robert agora estava lá. Ele tinha nascido lá. Ela também.

Duas gerações de escravos, nascidos escravos, nascidos na ilha Beaufort.

Ela agora devia estar em segurança lá. Livre, até, se os ianques mantivessem a palavra que deram. Mas quem poderia dizer? Ele não podia controlar o que Abe Lincoln ia fazer. Não podia controlar muita coisa: não era o homem do leme.

Mas se pudessem roubar o barco, eles iriam direto para Beaufort. Mas nem seria preciso. Se roubassem o barco eles só precisavam chegar até o bloqueio, não tão afastado do litoral. Onde os navios armados da União estariam à espera.

Teriam que escolher bem o momento. Teriam que abrir distância suficiente entre o *Planter* e a praia antes de alguém dar o alerta. Eles iriam pelo caminho de Forte Johnson. Passariam pelo próprio Forte Sumpter. Teriam que chegar ali antes de o sol nascer, ou alguém perceberia que não havia rostos brancos a bordo. E seria o fim.

Se fossem pegos...

Eles não podiam ser pegos. Eles explodiriam o *Planter*. Eles explodiriam a si próprios antes de se deixarem apanhar. Mas o fato é que eles podiam simplesmente roubar o barco.

Robert conversou com Hannah, sua esposa, uma camareira de hotel que conheceu quando seu dono, um certo sr. McKee, o levou para trabalhar em Charleston.

A mãe de Robert tinha convencido aquele homem a deixar o menino, então com doze anos, arrumar um emprego. Ele ganhava dezesseis dólares por mês. Podia ficar com um. Mas poupou por anos a fio, e quando conheceu Hannah e eles tiveram uma filha chamada Eliza, ele de alguma maneira conseguiu comprar as duas.

Comprar esposa e filha.

Pagando oitocentos dólares ao dono das duas.

Mas ele sabia que isso em nada garantia sua segurança.

Sua mãe não deixava Robert esquecer isso. Ela lhe ensinou quando criança, não deixou que ele esquecesse que aquela vida relativamente tranquila na casa do Senhor não tinha nada a ver com a liberdade. Aquilo era transitório. Ela o levava para ver homens, mulheres, meninas e meninos, da idade dele, mais novos ainda, sendo vendidos em leilões. Cutucados com varas, humilhados, tratados como mercadoria. Ela o mandava para o campo, até os pelourinhos, para ver e para compreender que sua vida não lhe pertencia: não ali.

Então Robert disse à esposa que seria arriscado. Mas sete homens tinham concordado em ir com ele. Haviam confiado nele. Homens que partiriam com ele quando ele mandasse. Que não abririam a boca. Que esperavam suas ordens. Ele lhe disse que ela e suas duas filhas teriam que estar naquele barco. Podia acabar sendo a última coisa que ele faria na vida. Mas ele ia roubar aquele barco. Ia pegar o timão. Com suas próprias mãos. E, com ele, a vida de todos eles.

A tripulação do *Planter* passou a tarde do dia 12 de maio de 1862 embarcando cargas nas docas que ficavam na frente do quartel-general confederado, com suas duas dúzias de guardas armados. Quando o expediente acabou, o *Planter* levava seis canhões de artilharia pesada e quase meia tonelada de munição.

O trabalho foi exaustivo. E o capitão do navio, seu primeiro imediato e seu maquinista queriam descansar, espairecer, ir até a cidade.

Deixaram Robert (o competente Robert, o obediente Robert) no comando enquanto se ausentavam. Disseram a ele que o *Planter* deveria estar pronto para singrar às seis da manhã, para uma viagem de rotina. Um trajeto curto, para entregar suprimentos a um forte no litoral. Canal acima, passando pelo Forte Johnson, passando pelo Sumpter na boca do porto, direto à esquerda, cabotando o litoral no rumo sul. Sem correr o risco de encarar o bloqueio da União.

E os três marujos confederados partiram para o bar, ou o bordel, ou aonde quer que a noite os levasse.

Às três da manhã Robert invadiu os aposentos do capitão. Roubou seu uniforme, suas pistolas e o grande chapelão de palha que ele sempre usava para não ficar com o sol nos olhos. Às três e meia seus coconspiradores estavam a bordo. Pondo lenha na caldeira e gerando vapor.

O motor fazia barulho. Não tinha como não acordar o vigia, mas três e meia era um horário razoável, se o capitão quisesse sair cedo. Smalls usando o uniforme do capitão, chapéu abaixado sobre o rosto, apesar da escuridão, içou a bandeira confederada. E então eles roubaram o barco.

Eles se encontraram com uma embarcação menor, que vogava no porto. E a família de Smalls e as famílias de quatro outros marujos embarcaram no *Planter*. E lá se foram eles. Noite adentro.

No Forte Johnson, uma antiga fortificação revolucionária construída no flanco de uma colina em Windmill Point, na ilha James, as sentinelas miraram as armas no barco, mas Smalls apitou a senha. Ele conhecia todos os códigos. E deixaram o *Planter* passar.

Mas a maré conspirava contra, e o dia já nascia quando chegaram ao Forte Sumpter. Já estava claro a ponto de poderem distinguir os homens armados, prontos para afundar o navio, se qualquer coisa estivesse errada. E daquela distância, com aquela luz, aqueles homens conseguiriam perceber a raça de Robert Smalls. Mas com o chapéu do capitão, bem abaixado no rosto, com a gola da casaca levantada, com a mesma postura singular que distinguia o capitão de sempre do *Planter*... eles não perceberam.

E ele puxou a cordinha do apito. O som da senha. Duas longas, uma breve. E ficou esperando.

E os homens da fortificação não abriram fogo. E quando alguém no Forte Sumpter conseguiu perceber que o *Planter* não tinha virado à esquerda, que estava indo direto para mar aberto, eles estavam fora do alcance das armas.

E Robert Smalls estava ao timão. E seguiu direto rumo ao bloqueio, com um presente. Era isso que ele diria ao capitão da União que percebeu a chegada do *Planter* em meio à neblina, que tinha assestado mira sobre aquele navio desgarrado, que parecia prestes a arremeter contra o bloqueio... até que viu a bandeira branca da rendição e a coisa mais louca: um belo homem negro, de 23 anos de idade, com a casaca de um capitão confederado e uma camisa de babados, junto com dezesseis escravos, homens, mulheres e crianças, dançando e gritando no convés de um vapor com roda lateral.

E foi um belo de um presente...

Havia o barco, por si próprio. Um útil acréscimo à magra esquadra da União. E as armas, entre as quais havia canhões da União, roubados depois da queda do Forte Sumpter no ano anterior. Mas o prêmio máximo era o próprio Robert Smalls.

E enquanto sua família foi se juntar à sua mãe em Beaufort, foi rumo à segurança e à esperança da alforria, Smalls tornou-se marujo a serviço do Exército dos Estados Unidos da América.

Não marujo *do* Exército.

Pois ele podia ser livre, podia ter acabado de se libertar, mas ainda era negro. E não havia marujos negros entre os militares dos Estados Unidos. Pelo menos não oficialmente. Mas ainda assim ele entregou toda a informação que obteve enquanto estava sob o jugo da Confederação: posicionamento de tropas, localização de armas, códigos, rotas e agendas de suprimentos... métodos, minas, torpedos... tudo, e virou contra eles. Ajudou a planejar rotas de ataque. Pilotou o *Planter* pelas enseadas, em torno das ilhas que conhecia tão bem. Apontou posições inimigas e pontos de abordagem e de ataque em mapas que tinha aprendido a ler sozinho.

Seu comandante disse que ele era um herói. Também disse que era um "escurinho bem-apessoado". Mas... ele lhe deu o timão.

E Robert Smalls ficou famoso entre os rebeldes furiosos e os amedrontados escravagistas do Sul, que olhavam para os escravos entre eles, pensando quais ali podiam simplesmente roubar um barco também. Ou pegar o chicote. Ou incendiar a casa.

Ofereceram uma recompensa de quatro mil dólares pela cabeça de Robert Smalls. Mas o Congresso autorizou um prêmio de cinco mil dólares. E outros quinze mil, a serem divididos entre o bando de ladrões. Abolicionistas os levaram a Nova York e puseram o jovem Robert Smalls diante de plateias embevecidas. O ministro da Guerra o levou a Washington, onde ele foi membro de uma delegação que se encontrou com o presidente Lincoln para defender a libertação e o fornecimento de armas ao escravos.

Há quem diga que Smalls convenceu o presidente, que sua empolgação e seu heroísmo mudaram a opinião de Abe e mudaram os rumos da guerra. E há outros, que parecem ter razão, que notam que Lincoln já tinha se decidido, àquela altura. Que já tinha apresentado a proclamação da abolição a seu gabinete, cerca de um mês antes.

Mas houve um mês de agosto, em 1862, em que um ex-escravo de vinte e três anos de idade se encontrou com o presidente dos Estados Unidos. Cada um deles já conhecendo o outro de reputação. E deve ter havido um momento em que cada um deles, internamente, avaliou a presença do outro, em comparação com o que tinha visto em algum desenho hachurado na *Harper's*.

Quando a guerra acabou, ele tinha participado de nada menos que dezessete batalhas. Tinha pilotado um encouraçado, que levou nove bombas num ataque ao Forte Sumpter. Foi premiado por seu heroísmo. Recebeu formalmente o comando do *Planter*. E uma patente. E uma pensão.

E quando Charleston se rendeu, ele estava de novo no timão, levando o *Planter* de volta àquelas docas diante do quartel-general da Confederação.

Foi cercado pela multidão. Foi celebrado como o conquistador, como o herói que no fundo era mesmo.

Ele voltou para casa, na ilha Beaufort. Onde sua mãe nasceu na escravidão. Onde ele nasceu na escravidão, numa palhoça atrás da casa do senhor. E aí comprou aquela casa. Comprou a plantação toda. Com o dinheiro que tinha recebido por roubar o barco. E viveu ali com sua família até morrer, em 1915.

Mas antes de ele morrer, durante os cinquenta e quatro anos transcorridos depois que ele passou pelo Forte Sumpter sob a luz trêmula da aurora e seguiu rumo ao mar aberto, Robert Smalls lutou para não largar o timão.

Chamaram esse período de "Reconstrução". Apesar de nunca se dizer direito o nome. Não era um ato de reerguer prédios desmoronados. Não era apenas uma questão de remover caliça, remendar cercas... nem de dar uma nova demão de cal na coluna neoclássica de uma casa de fazenda.

A ordem das coisas tinha sido virada do avesso. Era o fim de centenas de anos de violência, opressão, roubo, assassinato e atos impensáveis em nome de... do quê?

Escolha.

Ordem.

Progresso.

Capitalismo.

Fé...

E não havia mapas que se pudessem seguir. Não havia como saber o que estava à frente.

Robert Smalls tentou fazer sua parte, e tentou conduzir as pessoas da ilha Beaufort naquela neblina.

Aprendeu a ler. Fundou a primeira escola pública da Carolina do Sul. Negociou melhores condições de trabalho e práticas comerciais mais justas para os ex-escravos. Foi eleito para a assembleia estadual, e transformou essas regras em leis. E cumpriu cinco mandatos no Congresso dos Estados Unidos, onde lutou para acabar com a segregação no transporte público e no Exército, para impedir que a legislação tributária favorecesse os ricos e prejudicasse os pobres, para dar às mulheres o direito de votar. Foi um dos mais poderosos e mais influentes políticos negros do século XIX.

Naquele breve período que antecedeu a KKK e seus conspiradores, que antecedeu os governadores dos estados com seus conspiradores, que fraudavam e ameaçavam e linchavam para tirar votos de homens como ele.

Nós rompemos lacres de urnas.

Nós atiramos em negros.

Nós não temos vergonha desses atos.

Foi o que disse o governador da Carolina do Sul, que ainda viria a ser senador, no ano de 1900, olhando nostalgicamente para o que tinha conquistado naquele período. Enquanto Robert Smalls tentava manter as mãos no timão.

Houve um dia...

Eu vou contar essa história para você, mas não sei exatamente o que ela significa.

Houve um dia, em algum momento daquele período, depois que o mundo tinha sido desconstruído, quando já devia ter sido refeito, mas acabou sendo "reconstruído". Houve um dia, digamos que foi durante o verão. De alguma forma, quando eu imagino a família Smalls morando naquela casa de fazenda na ilha Beaufort, colunas brancas, varandas à roda de toda a casa, tudo... eu imagino um dia de verão: brisa marinha amainando o calor. E uma mulher, uma velha, branca, subiu a trilha que levava até a casa. Passando pelas senzalas vazias, pelo jardim crescido, coberto de flores silvestres. Ela chegou até a frente da varanda, talvez as crianças estivessem lendo ali, talvez Hannah Smalls estivesse tocando piano lá dentro, ao lado da janela aberta... e a mulher estava com um comportamento estranho. Tinha demência.

Foi Robert quem a reconheceu.

Era a esposa do homem que um dia foi seu dono.

Ele tinha morrido alguns anos antes. E aqui estava ela, desorientada.

Ela disse que era a casa dela, mas estava diferente, de alguma maneira. Tão diferente agora...

E os Smalls a acolheram. E ela morou ali, confortavelmente, até morrer.

No alto

Em todas as ocasiões em que esteve no Ártico (e olha que o cara andou bastante por lá), ele nunca tinha visto a paisagem daquele jeito.

Não tão cedo. O plano normal era pegar um barco em San Francisco em março ou abril. Para poder chegar ao Alasca em junho ou julho. No máximo. Ainda haveria neve e icebergs, porque era a região ártica, e era 1897 e a gente ainda não tinha ferrado com tudo por lá. Mas baleeiros, vendedores, caçadores e pescadores conseguiam se virar. E aí davam meia-volta e seguiam de novo no rumo sul com as peles e o óleo de baleia antes que as coisas engrossassem demais.

Alguns planejavam ficar.

Eles iam com montes de comida, seguiam até onde conseguiam numa rota direta para o norte, até tudo congelar em volta deles. E ficavam encalhados até a primavera.

Eram loucos, mas estavam acostumados com aquilo. Era coisa normal para marujos, caçadores e outros homens barbados, queimados de sol. Que trabalhavam, naqueles tempos, nas partes congeladas do mundo.

E os homens precisavam trabalhar direito juntos, ou nada funcionava. Então os capitães tinham que se comunicar, tinham que cooperar.

Podiam ser competitivos no que se referia a encontrar aquele pesqueiro secreto, ou o melhor local para caçar baleias, mas se o gelo mais ao norte estivesse impossível de quebrar, se aquele vilarejo inuíte onde eles trocavam armas por comida todo ano tivesse levantado acampamento, ou sido aniquilado por uma doença, ou tomado por iétis ou qualquer outra coisa... eles precisavam ficar sabendo, ou haveria mortes.

Porque não importa quantas vezes George Fred Tilton, trinta e quatro anos, de Martha's Vineyard, Massachusetts, terceiro imediato no baleeiro *Belvedere*, tivesse estado no Ártico... por mais que estivesse acostumado com o frio, por mais que pudesse fingir nem se incomodar com a ideia de viver meses a fio numa paisagem estranha e hostil, num estado de dificuldades e carências extremas... a situação mudava todo ano. O vento, o gelo e as águas agitadas formavam cadeias de montanhas novinhas em folha, vales, planícies. A cada ano aquele mundo se refazia, inventava formas novas de ferrar com você.

Então era por isso que você chegava no verão.

Antes que o Ártico tivesse montado suas muralhas e ciladas para se proteger dos invasores barbados.

Mas o verão de 1897 foi diferente.

Eles foram algo atrasados, Tilton e os homens do *Belvedere*. Mas não foi bem isso. Eles partiram a tempo, na metade de março, de San Francisco. Pegaram uma tempestade perto das Aleutas e tiveram que passar muito tempo em terra consertando um mastro... e enterrando um membro da tripulação. Mas tinham conseguido chegar ao Alasca no meio de julho, o que era absolutamente razoável.

Seria.

Em qualquer outro ano.

Mas três dias ao norte daquela parada nas Aleutas eles deram com gelo, e se juntaram a uma fileira de cerca de uma dúzia de vapores e veleiros que se revezavam para quebrar o gelo e abrir um canal até o mar de Bering. Eles passaram, e seguiram para o litoral da Sibéria. Mas só encontraram mais gelo por ali.

No dia 23 de julho estavam mais de setecentos e vinte quilômetros atrasados. No dia 1º de setembro decidiram desistir. Decidiram apenas contornar a ilha Herschel, bem perto do litoral norte do território do Yukon, no Canadá, torcer por mais uma ou duas baleias, e voltar para casa antes de ficarem presos. Mas, uma semana depois, Tilton já sabia que era tarde demais. O gelo novo cercava o *Belvedere* e dois outros baleeiros que estavam na região.

O *Orca* foi o primeiro navio a ceder. Sua tripulação já sabia o que estava por vir. Eles vinham ouvindo a madeira gemer e estalar... E partiram a pé, carregando tudo que puderam em botes que arrastavam atrás de si pela neve, enquanto viam sua embarcação se partir pela metade. Apenas para ficar ali, suspensa no gelo. Esperando apenas que chegasse a primavera, para recomeçar a cena interrompida e deixar a água invadir o barco. Que naufragaria.

E eles encontraram homens que fugiam de um navio chamado *The Freeman*, que também estava preso, encalhado entre dois icebergs e suspenso no ato de afundar. E seguiram todos, mais de uma centena de marujos sem navios, para o *Belvedere*, onde George Fred Tilton contava suas rações de comida pensando em voz alta se teria comida para seus próprios quarenta e nove homens.

Eles podiam desmontar o *Belvedere*. Fazer cabanas com suas tábuas. Os ferreiros podiam transformar a âncora em fornos. Mas eles não podiam comer o cesto de gávea. Não podiam mandar um SOS. Não podiam esperar que um barco da guarda-costeira por acaso passasse por ali.

O verão tinha virado inverno sem aviso. E eles estavam presos. E iam morrer.

Antes disso, meses antes, uma chalupa chamada *The Bear* tinha sido varrida para o norte e acabou presa. O primeiro imediato se matou. O maquinista, o bombeiro e quatro marujos enlouqueceram. O ferreiro e sete marujos ficaram presos numa banquisa de gelo, que se partiu, e afundou. Então eles sabiam que estavam naufragados. Os homens do *Belvedere*, e do *Orca*, e do *Freeman*.

Ninguém sabia onde eles estavam, então ninguém viria buscá--los. Só algum destino cruel. Hipotermia, doenças. Loucuras, acidentes. Fome. Algo à espera deles, ali, em meio ao branco infinito.

Mas Tilton tinha um plano. Algo que homem nenhum tinha tentado fazer, que homem nenhum, nos dias de hoje, poderia reproduzir. Não que alguém fosse querer tentar.

Ele ia voltar a pé de uma viagem de caça às baleias.

Vejam bem, ele disse. Aquele barco não ia a lugar nenhum antes, pelo menos, de julho do ano seguinte. E seria muita sorte se metade daquele grupo estivesse vivo em julho do ano que vem. O melhor que podiam esperar era que algum outro barco chegasse o mais perto que pudesse e aí viesse pelo gelo com trenós de comida e suprimentos que chegassem até eles, ele disse.

E isso era 1897. E eles não tinham rádios, nem internet, nem celulares. Nada dessas coisas. Ele não disse isso tudo, mas dá para imaginar. Não havia como dizer a alguém onde eles estavam. Nem quanto eles estavam ferrados. A não ser que o próprio Tilton fosse dizer.

E na manhã seguinte, embora parecesse noite ali, ao norte do norte do Alasca, George Fred Tilton partiu para San Francisco.

Por sobre o gelo e a neve foi o intrépido George Fred, empurrado pelo vento cortante que embalava uma vela presa a um mastro instalado num trenó puxado por nove cães. Um relâmpago por sobre o mar congelado.

Através da neve que cobria o Alasca. Dia a dia, sem sol. Com quatro mil e duzentos quilômetros pela frente. Sozinho. Só um homem e os melhores amigos do homem. Com uma missão. Contra tudo e contra todos.

Só que...

Na verdade eram três homens. Eram George Fred Tilton, uma cachorrada e mais dois caras. Mas eu não tenho ideia do nome dos caras porque George Fred Tilton nunca deixou esses nomes registrados. Mas os dois eram nativos da Sibéria que tinham embarcado no *Orca*, e que pareciam ter percebido que mesmo que os marujos encalhados de alguma maneira sobrevivessem ao inverno, ninguém ia cuidar deles. Então a melhor chance que eles tinham de chegar em casa era arriscar ir com aquele maluco que ia tentar chegar de trenó a San Francisco.

E eu basicamente estou chutando a motivação dos dois aqui, porque George Fred não fala disso. Pode ser que nem tenha perguntado. Apesar de dar para imaginar que ele tenha tido montes de oportunidades de perguntar lá no meio da tundra, sem nada para fazer além de se segurar no trenó, e tentar sobreviver. Numa aventura pelo coração das trevas daqueles meses de escuridão perpétua.

Mas na verdade ele mal menciona os outros dois. A não ser para reclamar que eles não sabiam construir um iglu direito.

Mas os dois homens sem nome estavam com ele. Quase morrendo de fome. Várias vezes. Não fossem as vezes em que toparam com (1) a cabana de um etnógrafo meio louco, coletando objetos para o Museu de História Nacional de alguma cidade da Costa Leste, e (2) o caçador norueguês que sabia apenas o inglês suficiente para dizer a Tilton que achava que ele era doido, e (3) um médico, e (4) um bando de patos quase congelados, ridiculamente desviados da rota, e (5) a professorinha, srta. Hannah Holt, num vilarejo perto do cabo Krusenstern, e (6) a carcaça de uma baleia-da-groenlândia, à deriva sobre uma banquisa.

Houve momentos em que eles também estiveram à deriva, momentos em que tiveram que romper uma barreira de gelo, e em que tentaram remar sobre ela no mar aberto; momentos em que os cães, criados para sempre seguir em frente, feitos para seguir sempre em frente, caíram de algum desfiladeiro invisível apenas para ficar presos pelos arneses, ali pendurados na beirada, uivando para o vento que também uivava; momentos em que cães fugiram no meio da noite (quem pode culpá-los?); momentos em que, quase mortos de fome, no meio do inverno mais inclemente de que qualquer um podia lembrar, eles tiveram que desviar de vilarejos inuítes por medo do que povos quase mortos de fome pudessem fazer com desconhecidos que aparecessem em busca de comida.

E houve momentos, inúmeros momentos nas noites da tundra, em que o tempo ficou estranho e a manhã virou noite e o crepúsculo virou aurora. Quando viajavam sempre à frente com o zumbir do trenó e o branco já azulado da luz do luar. Ou verde, roxo e verde de novo, enquanto a aurora boreal ondulava e dançava e acenava à volta deles.

Enquanto eles desciam correndo do topo do mundo.

E houve um momento em que Tilton trocou os cachorros por um bote meio furado, e pegou as correias, coleiras e tiras de couro do trenó... e pegou sua própria roupa de baixo e usou tudo aquilo para calafetar os furos. E aí percorreu sessenta quilômetros pelo estreito de Shelakof, até a ilha de São Paulo, onde prometeu sete mil dólares a uma tripulação e fretou uma escuna que os levaria até o litoral sul do Alasca. Onde outro barco os levaria até outro barco, que os levaria até outro barco, que os levaria a um trem, a outro trem, até Portland. E dali até San Francisco.

Aonde ele iria chegar exausto e alucinado, depois de uma corrida de seis meses e meio, por quatro mil e oitocentos quilômetros, direto para o escritório da companhia de navegação. E ele lhes disse para mandar um barco de socorro.

E George Fred Tilton salvou a todos.

Só que...

Ele meio que salvou a todos.

Tecnicamente, todos foram salvos meses antes. Porque toda vez que encontrava alguém em sua jornada, ele fazia questão de lhes dizer onde estavam os navios, na esperança de que encontrassem alguma maneira de enviar ajuda. E assim uma missão de resgate já estava a caminho muito antes de ele chegar a San Francisco.

E assim todo o lado da pressa em sua jornada... foi meio em vão.

E ainda... os navios que foram enviados meses antes levaram uma eternidade para chegar lá. E quando chegaram tudo já estava descongelado e os homens do *Belvedere* estavam meio que só relaxando, caçando suas baleias, coisa e tal...

Mas... não faz diferença.

George Fred Tilton salvou a todos.

Ele e aqueles dois outros.

Mas... mesmo assim. George Fred Tilton: mega-herói.

Vulgo: Leo

Pegaram um filhote de leão no deserto da Núbia.

E o puseram no cinema. Eles o chamaram de Jackie e o treinaram para sentar e ficar de pé quando ouvisse os comandos certos. Para empinar o corpo. Para ter cara assustadora e feroz, mas não ser feroz de verdade.

Eles o mantinham bem alimentado, para que não comesse ninguém. E fizeram Jackie perseguir Tarzan pelas selvas do Jardim Botânico de Los Angeles. Ameaçar Jane na beira da piscina de concreto disfarçada por frondes de palmeiras e samambaias. Bem ao lado daqueles subúrbios que ficavam no terreno dos fundos da MGM. Ou ele saltitava diante das câmeras até algum diretor dizer "corta", e ter cenas suficientes para fazer parecer que Jackie estava perseguindo o Magro e/ou o Gordo.

E numa certa manhã de 1927 ele foi tirado da jaula, levado através do terreno onde bailarinas com roupas de lantejoulas se apressavam para bater ponto às sete e quinze da manhã, caminhou por entre extras de toga ou chapéu de caubói. Foi levado a um estúdio de som, onde subiu em dois caixotes, um para as patas traseiras, um para as dianteiras, olhou para a câmera, se aproximou de um microfone... e rugiu.

Aquele rugido seria ouvido centenas de vezes por dia, em milhares de cinemas em todo um mundo enlouquecido de amor pelo cinema. Era o fim dos anos 1920... e o cinema era o máximo.

Era a opção de todos, de todos os nichos de mercado, em toda parte. Havia vinte mil salas de cinema apenas nos Estados

Unidos, que eram imensos palácios da sétima arte, com cortinas de veludo e tetos dourados, camarotes e orquestras e frisas e porteiros de smoking em toda cidade grande. E havia telas prateadas e cadeiras dobráveis em lojas e antigos teatros de revista, em praticamente todo e qualquer canto.

Um níquel, um dime, por um longa ou dois. O noticiário. Curtas, desenhos animados. Umas moedinhas por toda uma noite de diversão. Pela "creche" de uma tarde inteira. E agora com som.

Sim, agora havia som!

Melodias da Broadway, o troar da cavalaria, salvas de canhões, sapateado, suspiros de amor, registrados para sempre. Como Jackie. Rugindo.

No começo de cada filme da MGM. Dez segundos ao todo. Registrados para sempre. E revividos sem parar, duplicados, enxertados em rolos e rolos e rolos e rolos de filme. Conhecidos por praticamente todo e qualquer homem, mulher e criança nos Estados Unidos e além, por décadas.

Oficialmente Jackie se chamava Leo. Esse é o nome do leão da Metro. Seu *nome-de-marketing*. Jackie foi o segundo Leo. O primeiro se chamava Slats. Ele não rugia: era o tempo do cinema mudo. Então ele só meio que olhava em volta.

Mas Jackie rugia. E as pessoas o adoravam por causa disso.

A ideia era mais do que segura. As pessoas adoravam Leo. E as pessoas adoravam aviões.

Era o verão de 1927. Lindbergh tinha pousado no mês de maio em Paris. Aviadores estavam o tempo todo no jornal. Recordes de velocidade, recordes de resistência, recordes de altitude. Fulano voa daqui até ali pela primeira vez.

Então nós estamos em julho ou agosto. E alguém no escritório de publicidade da MGM diz: "E se a gente colocasse o Leo num avião?". E foi basicamente a melhor ideia de todos os tempos. Ele seria o primeiro animal (categoria não humana) a voar sem escalas de costa a costa. A publicidade derivada seria incrível.

Então eles encontraram um piloto, e um piloto famoso, que acabava de chegar em segundo numa corrida da Califórnia a Honolulu, que era o tipo de coisa que dava fama, em 1927. Eles encontraram um avião, que era do mesmo modelo do Spirit of Saint Louis de Lindbergh, e deram uma ajeitada nele. Colocaram um sistema de navegação de primeira qualidade e construíram uma jaula especial para Jackie. Ele não ia conseguir mudar de posição, porque qualquer alteração da distribuição de peso podia atrapalhar o voo. Mas ele podia dar conta, pelas vinte e poucas horas que seriam necessárias para voar de San Diego a Nova York.

Não que alguém tenha perguntado a Jackie.

E a imprensa e o público caíram de quatro. E foram todos até um pequeno aeroporto do sul da Califórnia para desejar *bon voyage* a seu adorado Leo.

E a *voyage* estava indo super *bon*... até eles estarem sobre o Arizona.

Quando o famoso piloto fez uma curva baixa para acenar para uma parenta quando passou perto da casa dela. E não conseguiu recuperar a altitude. E roçou numa árvore. E o avião caiu no meio do deserto do Arizona.

Jackie sobreviveu. Você já pode respirar com tranquilidade.

O avião se partiu mas a jaula continuou intacta. E o famoso piloto saiu dali levando sanduíches e água. E quatro dias depois voltou com alguns caubóis... e encontrou Jackie faminto, mas saudável.

Foi azar da MGM.

Quase matar o mascote... Mas não há má publicidade, certo? Então Leo, o leão, tornou-se Leo, o sortudo: e Jackie saiu em turnê.

Nada de aviões dessa vez. Ele viajava num carro feito sob medida, de mais de sete metros de comprimento, equipado com uma jaula dourada, com espaço para ele mudar de posição como quisesse. Seguia numa caravana de três carros, com um órgão circense de cinquenta e quatro teclas. Um treinador. Um gerente. Valetes. Que estavam ali, diziam, para cuidar de qualquer necessidade de Leo.

Ele comia bons cortes de carne de qualidade, não sentia falta de nada, eles diziam.

Eles sabiam que quase mataram Jackie naquele acidente de avião. E daqui em diante iam tratá-lo muito bem.

Tratá-lo bem, ao que parece, era levá-lo numa viagem de sessenta e cinco mil quilômetros. Passando por trinta e oito estados. Em três anos. Sem parar.

Tratá-lo bem, ao que parece, era andar numa jaula descoberta em estradas regionais em velocidades que, apesar de seguras, não eram velocidades em que um leão tivesse nascido para viajar.

Tratá-lo bem, ao que parece, era parar em 1418 cidades, onde ele fazia coisas que não tinha nascido para fazer. Não havia nada de instintivo, nada de leonino, nada que tivesse sido gravado em seu DNA por gerações e gerações de seleção natural, naquilo de rugir quando ouvia o comando certo. Ou não rugir. Apesar de seus desejos. Oferecer sua pata gigante a algum gigante da política de uma cidade minúscula. Divertir orfanatos. Participar de inaugurações. Levar uma estranha alegria a milhares e milhares de seres humanos que lotavam praças e parques para ver a celebridade das telonas.

Enquanto ele ficava sentado como um cachorro. Quando não era um cachorro, criado para querer a companhia dos humanos, para querer ser acariciado, para ficar de alguma maneira satisfeito ao satisfazer as pessoas.

Aposto que algumas dessas pessoas foram cruéis. Porque afinal de contas eram pessoas.

Não acredito que um menino, numa estradinha de Michigan em 1929, 1930, não fosse testar o braço, e testar o que acontecia, quando você acerta com uma pedra o único leão que vai poder ver naquela cidade. E eu aposto que havia momentos em que as noites eram frias demais. Quando os ventos eram fortes demais em alguma estrada vicinal perto de Eau Claire ou Coeur D'Alene. Quando teve que ficar sentado horas a fio enquanto o prefeito de Waxahachie ou de Carpinteria pedia que fizessem mais uma vez sua grande foto com o famoso Leo, porque tinha certeza de ter piscado da outra vez.

Mas ele estava bem alimentado. E bem cuidado. Seus tratadores eram bondosos, dentro de certos limites, históricos e científicos. Teria sido ruim para os negócios se eles não fossem.

Ele passou sua aposentadoria no Zoológico da Filadélfia, onde morreu bem jovem, por problemas cardíacos. Leões africanos levaram vidas bem piores na América do Norte.

Houve outros Leos depois de Jackie. Todos obrigados a fazer coisas que não nasceram para fazer. Mas Jackie está registrado para sempre. Você pode ver sua imagem no começo dos filmes antigos. Pode encontrar com ele na televisão, de vez em quando. Pode procurar no YouTube.

É Jackie, ali, em tons de sépia, na abertura de *O mágico de Oz*. E é bom vê-lo ali.

Mas veja Jackie também numa jaula. Ao lado dos destroços de um monomotor, no meio do deserto do Arizona. E eu não peço que você ignore as grades. Veja as grades. Porque ele estava preso. Para sempre.

Mas veja aquele leão no deserto. Alerta, procurando predadores. Olhando o horizonte e o mato baixo, esperando registrar movimento. Presas. Respirando o ar do deserto. Olhando das estrelas para as colinas baixas ao redor.

Sem as luzes da cidade.

Sem a placa de Hollywood.

Fazendo o que tinha nascido para fazer.

Estrada aberta

O casal da capa está pronto para a estrada.

Ele tem um rosto quadrado. Um homem cheio de vigor. Ela é bonita. Sorriso largo.

Ele carrega as malas dos dois, porque estamos em 1948, e trata-se de um cavalheiro. E está vestido como um cavalheiro: sobretudo, lencinho no bolso, fedora inclinado na cabeça. Ela está com o cabelo arrumado. Cachos ondulados saindo do chapéu domingueiro.

O casal, representado ali na capa da edição de 1948 do *Livro verde do motorista de cor*, era a imagem exata de um tipo muito específico de aspiração dos negros americanos na metade do século passado. E em algum lugar, dentro daquelas malas, ou na bolsa dela, ou no porta-luvas do amplo painel do Pontiac ou do Packard que eles dirigiam... em algum lugar há um livro, uma brochura fina. Trinta... quarenta páginas. Um guia para viajantes negros. Especificamente para os afortunados, os pouquíssimos que naquele tempo tinham carro.

E lá estão eles na capa. Aquele casal elegante, desenhado em preto e branco. Saindo de seu lar nos subúrbios, em busca da América.

Consolado por aquele guia, publicado todo ano desde 1936 pela Victor Hugo Green, do Harlem, para dar, em suas palavras, "ao viajante de cor, informações que evitem que ele encontre dificuldades, constrangimentos..." e outros eufemismos... o casal usaria o livrinho para cruzar os Estados Unidos do período pós-guerra, pré-autoestradas. Para continuar em segurança. E com vida. *No seu próprio carro*. Livres das crueldades do transporte público segregado. Das salas de estar apenas para cidadãos de cor. Dos fundos dos ônibus.

Eles estarão no banco da frente do seu próprio carro. Com seu próprio acelerador, seu próprio volante. Na estrada aberta. Rádio ligado. Em busca da *sua* canção. Da sua música. No ar livre.

O rádio podia pegar uma voz, em meio à estática. Um ritmo, trazido por ondas invisíveis desde alguma antena transmissora no teto de um prédio em Decatur, ou Memphis, e sumindo enquanto algum horizonte desaparece do campo de visão. E então vindo de novo nítido, forte, enquanto eles saem do meio das árvores, enquanto a estrada sobe pelas montanhas Allegheny ou enquanto contornam uma curva, com o ar morno pelas janelas, nos braços dos dois.

E a luz é morna. Tangerina. Brilhando na superfície do rio Snake. Ou do Nishnabotna. Ou do Loxahatchee.

Seguindo rumo a... quem poderia saber? À montanha Grand Teton? Ao Liberty Hall, aos Finger Lakes, Beale Street. Ao Deserto Pintado?

No seu próprio carro...

Em algum lugar, logo ali, Sal Paradise e Dean Moriarty estavam na estrada. Em algum lugar, bem perto, um publicitário mostrava a um executivo uma ideia de anúncio que colocaria um carro em cada garagem. Algum lobista da empresa automotiva estava mostrando a um senador o traçado que um dia seria das autoestradas, por quais bairros indesejáveis elas passariam, dizendo como aquelas estradas nos libertariam. Como poderíamos passear. Ver os Estados Unidos num Chevrolet. Procurar aventuras. E o que aparecesse pela frente.

De Milwaukee a Minneapolis em quatro horas e meia.

De costa a costa em quatro dias e meio.

Uma nação transformada. Um povo em movimento. Suas grandes cidades, suas maravilhas naturais, suas ondas cor de âmbar, seus majestosos tons purpúreos. Tudo ao alcance de todos.

Possibilidades ilimitadas da estrada. Onde o casal da capa andava, naquele exato momento. Com o sol indo baixo. Com a estação de rádio começando a chiar.

O livro dizia que podiam ir a Oakland e ficar no Warren Hotel, na rua Seis. Comer no Crescent, na esquina da Frederick com Maryland. Ver o Grand Canyon. Beber alguma coisa no Gill's Grill, em Elizabethtown.

Mas era melhor não parar em Shelby, Montana. Lá não havia pessoas de cor.

Era provavelmente melhor eles dizerem que estavam entregando o carro para seu proprietário, branco, se fossem parados pela polícia na região de Lafayette.

Certas cidades era melhor evitar de todo. As ditas *Sundown Towns*. Lá só há brancos, por força de lei, depois do pôr do sol.

Haverá o dia, dizia o *Livro verde do motorista de cor*, no futuro próximo, em que o guia não precisará ser publicado. Mas até lá, ele estava ali. E ali estava o casal da capa. Enquanto o sol se põe. Enquanto a estrada se estende e insetos de verão brilham brancos à luz dos faróis. E o sinal do rádio desaparece.

Provavelmente de vez, agora.

E eles torcem que a gasolina dure até Topeka. Lá há um lugar chamado Power's, segundo o *Livro verde*. Lá eles podem ser atendidos. E aí deveriam conseguir chegar a Wichita. Tinham levado bastante comida. Não precisariam correr o risco de parar para comer. Podia ser melhor *ficar* de uma vez em Topeka, quando chegassem lá. O livro diz que lá existe um hotel onde eles provavelmente não terão problemas.

Pode ser melhor.

Pode ser melhor não se arriscar.

E eles seguiram em frente. E a lua subiu num campo agora vazio.

Um cavalo branco

O White Horse Inn, na Telegraph Avenue, em Oakland, abriu em 1933. Ou mais ou menos por aí.

Ninguém conseguiu descobrir a data exata. Historiadores tentaram. Assim como, ao que parece, vários proprietários do local ao longo desses anos todos.

Mas se você não é acadêmico, ou não tem um interesse financeiro pessoal em solidificar uma reputação (a reputação de ser o mais antigo bar gay dos Estados Unidos a funcionar ininterruptamente no mesmo lugar), não faz tanta diferença saber quando o White Horse abriu as portas pela primeira vez.

Só importa saber que foi bem a tempo.

Bem a tempo de um homem entrar na noite certa, em 1936. Ou 46, 54... E ver os homens mais lindos que já tinha visto na vida. E ver que estava entregue.

Bem a tempo de outro homem, que tinha ouvido falar dali, tinha ouvido falar de lugares como aquele, em sussurros, ou por entre o sarcasmo dos colegas na linha de montagem, ou do escritório, ou do bar que ele normalmente frequentava, do outro lado da cidade... onde ouvia as piadinhas sobre maricas, transviados, pederastas. Temendo o que elas podiam significar. Temendo perceber que as palavras pareciam cortar, ferir, machucar. Pareciam cair mal. Criar um nó na garganta. Bem a tempo de ele combater essas sensações e chegar até ali, até o White Horse.

E ele pode ter ficado dando voltas na quadra, trêmulo, antes de ganhar coragem e estacionar. E pode ter passado direto pela porta para não ser visto entrando, não ser visto por algum desconhecido. E pode ter erguido a gola do casaco, baixado a aba do chapéu. E empurrado a porta o mais rápido que pôde. E ele pode ter descoberto naquela noite, naquele bar, onde homens conversavam com homens junto da lareira, nos fundos, onde mulheres flertavam com mulheres à luz da jukebox, homens ficavam de mãos dadas ao lado da mesa de bilhar como se isso não significasse nada, como se não significasse tudo...

Bem a tempo de ele saber com certeza, naquela mesma noite, que aquele era o seu lugar, que aquele podia ser seu único lugar possível.

Como era para outros homens, outras mulheres. Aqueles que eram identificados como tais corretamente quando nasceram, e aqueles que não foram. Pessoas que precisavam que suas vidas mudassem. Que fizessem sentido. Que fossem menos solitárias. Menos amedrontadoras. Mais divertidas.

Pessoas que precisavam ser salvas.

Nos anos 1940 e 1950, e depois, homens e mulheres, amigos da região, do ônibus, da igreja... amigos que sabiam a verdade uns sobre os outros, andavam de braços dados Telegraph Road acima, até o White Horse. Brincavam de ser pessoas que não eram. E aí entravam pela porta, entravam naquela sala sem janelas... e se tornavam quem eram.

Eles seguiam seus caminhos. Ele para um namorado. Ela para uma namorada. E passavam umas horas num lugar onde uma parcela tão grande das coisas que tinham ouvido durante a vida toda sobre como a vida devia ser... sobre quem tinham que ser para serem felizes... ou responsáveis... ou bons, ou salvos... onde uma parcela tão grande de tudo isso simplesmente caía por terra. Simplesmente virava mentira.

As próprias leis do universo, esfiapadas e rasgadas como confete.

Rodopiando à luz do bar. Voando entre risos e canções alegres. Para pousar nos cílios de um homem bonito, ou flutuar na superfície inebriante de uma taça de martíni. E aí eles diziam boa noite ao namorado e à namorada. Às pessoas, ali, que entendiam tudo. Que os ajudavam a entender. E saíam de braços dados, e voltavam para o mundo lá fora.

Não se iluda quanto ao mundo.

O mundo não queria que aquele homem e aquela mulher fossem quem eles eram. O sexo homossexual era criminalizado. Assim como o travestismo. As pessoas corriam risco de ser presas, de passar por esterilizações forçadas, internações, lobotomias, violências variadas. Por se deixar ser quem eram.

Se a polícia, armada de leis que lhe permitiam dar batidas em bares se suspeitassem que ali mulheres dançavam com mulheres, ou que homens estavam de mãos dadas, ou *falando com vozes agudas*, em algumas cidades... se a polícia viesse, ela jogava você num camburão, se não te jogasse contra um muro. Seu nome ia acabar nos jornais, com o seu endereço. Você podia ser demitido, despejado, podia perder o empréstimo que fez para pagar o carro... podia tomar uma surra, ou coisa pior. De gente que morava na sua própria casa. Ou de gente que agora sabia onde ficava a sua casa.

As leis mudariam. As atitudes mudariam. Às vezes para melhor. E às vezes não.

Por um tempo pareceu que a guerra tinha mudado tudo. Especialmente ali na área de San Francisco. Aquele monte de soldados, marujos e enfermeiras chegando ao mesmo tempo. Longe de casa pela primeira vez. Descobrindo pela primeira vez quem eram. Descobrindo mundos inteiros em salas sem janelas como a do White Horse.

Nos anos 1960 um casal hétero comprou o bar. E parece que estavam com tanto medo das batidas policiais e, há quem especule, tão incomodados com sua própria clientela, que instituíram uma rígida política de proibição de contato físico. Acabaram as danças lentas. Acabaram os beijos. Enfim, acabou tudo.

Ficou assim durante anos. Mas mesmo assim as pessoas iam ao White Horse. Porque afinal de contas ali era seu lugar.

Mas aí chegou o fim dos anos 1960. Chegaram os hippies. Chegaram os radicais. Berkeley ficava logo ali na esquina. Os Panteras Negras estavam nas ruas ali mesmo, em Oakland. E homens gays, e lésbicas, e transgêneros começaram a exibir posturas mais radicais. Começaram a levar vidas mais radicais. E o White Horse embarcou na liberação gay.

E àquela altura era apenas um entre os vários bares gays da região. Onde as pessoas podiam encontrar umas às outras. Podiam se encontrar. Podiam descobrir quem eram e quem queriam ser. Onde descobriam o que se podia querer desta vida. Onde queriam ficar juntas, como tinham feito no White Horse, desde 1933. Ou perto de 1933.

O White Horse Inn estava aberto numa noite de 1966 em que mulheres transgêneros lutaram contra a violência da polícia na Compton's Cafeteria, do outro lado da baía, em San Francisco. Quando elas quebraram tudo.

Ainda estava aberto dois anos depois, quando o Stonewall Inn foi invadido pela polícia, do outro lado do país. Quando as pessoas se manifestaram nas ruas por três dias... e na verdade não pararam até hoje.

Estava aberto na noite de 1973 em que um criminoso incendiou um bar gay em New Orleans, trancou a porta e matou trinta e duas pessoas. O White Horse estava ali para as pessoas que precisavam chorar juntas.

Estava aberto para quem quis comemorar 1962, quando Illinois se tornou o primeiro estado a descriminalizar a homossexualidade. E treze anos depois, quando a Califórnia foi atrás. E vinte e oito anos depois, quando a Suprema Corte forçou catorze estados a fazer o mesmo.

Estava aberto em 1977. Quando San Francisco elegeu Harvey Milk para a junta de supervisores de cidade. E em 1978, quando ele foi assassinado.

Estava aberto em 1979, quando setenta mil pessoas marcharam até Washington defendendo seus direitos civis. E estava aberto durante toda a década de 1980, quando seus clientes... quando seus empregados começaram a morrer. Num só ano: oito garçons. *Oito* morreram de doenças decorrentes da aids.

E o White Horse continuava aberto.

Como continua, em repetidas ocasiões em que homens, mulheres, meninas e meninos, transgêneros foram assassinados por serem quem eram. Tantas pessoas, desde 1933. Ou perto disso.

Pessoas cuja morte é lamentada pelo que hoje as pessoas chamam de comunidade LGBT. Uma comunidade construída, ano a ano, noite a noite, em salas sem janelas como aquela do White Horse.

Que estava aberto quando Vermont aprovou a lei das uniões civis. Quando Massachusetts aprovou a lei do casamento. Quando o prefeito de San Francisco deu licenças para casamentos. E quando a Suprema Corte da Califórnia anulou aquelas uniões, anulou o casamento do próprio gerente do White Horse.

Estava aberto quando os eleitores da Califórnia rejeitaram o casamento gay. E estava aberto para as pessoas dançarem quando a Suprema Corte derrubou o resultado daquela votação.

Estava aberto num sábado de junho em que alguém matou quarenta e nove pessoas em Orlando, na Flórida. Num lugar como o White Horse. Aonde as pessoas iam para ser quem eram. E estava aberto no domingo, e está aberto hoje.

Vai estar aberto amanhã.

Canais locais

O sonho lhe veio na água.

Estava com seis anos, pelo que sempre disse depois. Estava no oceano Pacífico, no pé das falésias. Granito ondulado. Laranja sob a luz do fim do verão. Em Point Loma, na entrada da baía de San Diego. Seus pais olhando, sorrindo sobre um cobertor estendido na praia. Ou brincando na água, ali perto. Encantados com sua filhinha, com o quanto ela gostava da água. Uma pequena sereia. Uma foca.

Não tinham muita coisa, aqueles seus pais. O pai era policial; a mãe cuidava da casa. Não tinham muita coisa, mas tinham o mar. E a uma quadra de casa, descendo uma trilha gasta cercada de flores silvestres e castanhas-do-mar... descendo a trilha que vinha até a casa, desde o farol. E já era o bastante.

Era tudo para Florence, que passou a infância na água, no limite da América. Nadando no canal por onde navegaram conquistadores espanhóis quatro séculos antes. Por onde passaria a esquadra do Pacífico a caminho de Wake Island e Guadalcanal, cerca de vinte anos depois.

Florence Chadwick aprendeu a nadar. A ler as correntes, o ritmo das ondas. A manter o quadril elevado e estender o braço o máximo que pudesse.

E a respirar.

Braço direito.

Respira.

Braço esquerdo.

Braço direito.

Respira.

Braço esquerdo.

E sempre, e sempre, e sempre em frente.

Florence tinha dez anos quando nadou toda a extensão da boca da baía. E o sonho que lhe veio na água, o sonho que agora já tinha por mais de metade de sua vida, deve ter começado a parecer possível.

Ela um dia atravessaria o canal da Mancha.

Dois anos antes uma americana, Gertrude Ederle, que também tinha apenas dezenove anos de idade, tinha conseguido. Tinha se tornado a primeira mulher (e apenas a sexta pessoa) a nadar da Inglaterra até a França. Ou vice-versa.

Parecia uma tarefa impossível, até que essa faixa de mar, essa barreira intransponível que um dia manteve os bárbaros, Napoleão e a Invencível Armada longe da Inglaterra, acabou sendo devassada. Primeiro por um marinheiro inglês em 1875. Depois em 1926, por uma jovem de Nova York. Mais veloz que todos os homens que a precederam. Quase duas horas mais veloz.

Há uma nota no jornal local de Clovis, Califórnia, uma cidadezinha rural no vale central do estado, a cerca de seis horas e mundos de distância de San Diego, do verão de 1931. Há uma foto de Florence com um maiô preto com duas estrelas numa das alças. Ela está com um corte de cabelo curto, hidrodinâmico. Um sorriso sem jeito, adolescente, de lábios entrecerrados, há algo exagerado naquele rosto. Ela segura os joelhos contra o peito. A legenda diz "possibilidades olímpicas".

Ela tem doze anos.

Já tinha vencido competições prestigiosas em mar aberto, contra adultos. Contra homens. E estava treinando na piscina, para os jogos de 1932. Que aconteceriam ali naquele mesmo litoral, em Los Angeles.

Mas ela não se classificou.

Nem no ano seguinte nem para a Olimpíada de Berlim, em 1936. Porque não era assim tão boa na piscina. Quer dizer, ela era melhor que a maioria. Melhor que eu e (vou correr o risco) melhor que você. Sem querer ofender, claro.

Mas Florence foi se acostumando às posições mais baixas do pódio. E foi se acostumando a quase se classificar. A ficar logo abaixo da linha de corte. Porque aquilo em que ela era boa, aquilo em que ela era excelente, não estava nas Olimpíadas. As habilidades que tinha desenvolvido graças ao conhecimento derivado de inúmeros dias no oceano, o que ela aprendeu sobre marés, correntezas, técnica, ritmo, movimentos repetitivos... tubarões... medusas... cuidados com a pele... O nível de conhecimento que ela atingiu a respeito do próprio corpo, da respiração e do equilíbrio... O quanto ela levou aquele corpo a fazer coisas que o corpo dos outros não conseguia fazer, adaptado agora a se mover num mundo móvel, a subir e descer com as subidas e descidas daquele mundo à sua volta, a suportar o frio daquele mundo, a atravessar destemidamente o negror daquele mundo, a seguir por horas, e horas, e horas, sempre, e sempre, em frente... Essas habilidades não se transmitiam automaticamente para os cinquenta metros costas.

Havia uma competição todo ano, em casa, em San Diego.

Quatro quilômetros de águas agitadas. Atravessando a baía.

Para ela, basicamente uma brincadeira. Mas não havia medalha olímpica para seu tipo de nado. E não havia como ganhar dinheiro fazendo aquilo. Mas ela adorava nadar. E ainda tinha aquele sonho.

Entrou para a San Diego State University, começou a trabalhar em escritórios. E ia para o mar sempre que podia. Ela se casou, duas vezes. Uma antes da guerra, uma durante a guerra. E se divorciou duas vezes.

Dizia que aprender a ser uma boa esposa exigiria um tempo que não tinha, e demandaria um empenho que não conseguia ter. Não pelo casamento, pelo menos. Em vez disso, seu empenho a levou à Arábia Saudita, onde foi trabalhar para uma petroleira americana. E toda manhã, e toda noite, e sempre que podia quando não estava trabalhando com sua calculadora entre as secretárias, ela estava no golfo Pérsico. Treinando para o canal.

Braço direito.

Respira.

Braço esquerdo.

Braço direito.

Respira.

Braço esquerdo.

Dia a dia. Sempre, e sempre, em frente. Por dois anos. Sem parar.

Em 1950 um jornal britânico ofereceu um prêmio para quem conseguisse nadar os trinta e oito quilômetros da Europa até a Inglaterra. Ninguém tinha conseguido nos últimos dezesseis anos. Mas não deixaram que ela participasse da competição. Ela não era famosa o bastante.

Não era uma atleta olímpica. Era uma secretária.

Então, aos trinta e um anos de idade, ela pegou o dinheiro que ganhou na empresa petroleira árabe-americana e financiou sozinha sua tentativa de atravessar o canal. Alugando barcos, pagando hotéis, trazendo o pai, aquele policial da Califórnia, até a França. Para ele poder ir no barco de pesca ao lado dela, por todo o canal agitado. E gritar para incentivar a filha. Como fazia na praia, no pé de Point Loma.

Quando ela aprendeu a nadar para longe dele.

E no dia 8 de agosto de 1950, às duas e meia da manhã, ela passou por sobre as pedras à margem do caminho, entrou nas ondas geladas. E trabalhou. Quadril para cima. Estendendo o braço o máximo possível. Subindo e descendo com o mundo à sua volta. Destemida, no escuro.

Em águas estrangeiras que falavam a mesma língua de sempre, de correntezas, de marés.

Braço direito.

Respira.

Braço esquerdo.

Braço direito.

Respira.

Braço esquerdo.

O pai gritando. Encantado. Entregando cubos de açúcar.

Braço direito.

Respira.

Braço esquerdo.

Braço direito.

Respira.

Braço esquerdo.

Sempre, e sempre, em frente.

Ela ficou famosa no mundo inteiro. Houve desfiles, entrevistas, autógrafos, patrocínios.

E era tudo a justa recompensa. Era uma realização espetacular. Ela tinha atravessado o canal da Mancha. Um triunfo que tinha um poder particular numa cultura particularmente poderosa desde que o mundo era mundo. E havia estabelecido um novo recorde feminino, com um tempo de travessia de pouco mais de treze horas. Um triunfo físico no que, por algum tempo, foi a própria definição de triunfo físico.

E depois de conseguir. Depois de pisar na areia no pé das falésias de Dover. Depois de sorrir para as câmeras (em êxtase, dentes à mostra, dessa vez), ela subiu num barco e voltou para a França. Foi uma viagem mais rápida.

Mas durante aquela… não sei… aquela hora e meia, num fim de tarde de meados do verão, corpo dolorido mais leve, mais quente, agora, sob o sol, touca de natação guardada, cabelo esvoaçante, o pai ali do lado… e amigos, desconhecidos, fãs, equipes de filmagem à espera do outro lado para lhe dar as boas-vindas, para comemorar seu triunfo e brilhar um pouco à sua luz... ali estava ela na brisa que soprava no barco, depois de ter feito aos trinta e um anos de idade o que tinha decidido fazer aos seis.

Eu me sinto tentado a deixar Florence ali. E deixar você ali com ela, naquele barco. Naquele momento. Afinal, quem não gostaria de ficar ali?

Num momento como aquele.

Mas ela está com trinta e um anos. Só vai morrer aos setenta e sete, em 1995, de leucemia, em San Diego. E vai ter sido cedo demais.

Mas ainda há tanta vida por viver entre este momento naquele barco... e o fim. E embora não vá haver mais nenhum momento como este, quando o mundo aprendeu seu nome, quando o sonho que realizou é tão puro, preciso e fácil de entender e de explicar... haverá outros momentos, outros sonhos. Tem que ser assim. Com tanta vida ainda por viver.

Florence Chadwick passou a sua em mar aberto. Ela acabou atravessando a nado o canal da Mancha quatro vezes. A cada uma com menos comemoração, porque... ora, faça-me o favor. Numa dessas ocasiões ela se tornou a primeira mulher a atravessar o canal nos dois sentidos. Ela se tornou a primeira mulher a atravessar o estreito de Gibraltar. O de Bósforo. O dos Dardanelos. E o canal entre a costa da Califórnia e a ilha Catalina. São trinta e cinco quilômetros: ela atravessou três vezes.

Ela andou pelo mundo todo, indo a qualquer lugar onde houvesse uma comunidade com um canal que precisasse de alguém para atravessar a nado. Alguma distância que vinha definindo distâncias e possibilidades há gerações. Que precisasse de redefinições.

Às vezes ela fracassou.

Não conseguiu atravessar o lago Ontário. Tentou três vezes atravessar o canal entre a Irlanda e a Escócia. Vinte e nove gélidos quilômetros. E nunca conseguiu.

Deu aulas de natação. Passou verões num daqueles hotéis chiques das montanhas Catskill, treinando criancinhas na piscina. E provavelmente querendo estar no mar.

Em 1974 ela foi no barco, como seu pai tinha feito, ao lado de uma aluna da San Diego State, que tentou atravessar o canal mas não conseguiu.

E eu posso te deixar ali. Com Florence aos cinquenta e poucos, passados seus dias de bater recordes... encantada com uma aluna, entregando suas esperanças a outra mulher, ali na água. Mas melhor te deixar na água. Com Florence. Em qualquer daqueles dias inumeráveis. Qualquer daquelas competições, travessias. Ou numa noite, depois do trabalho.

Florence Chadwick, no mar. Quadril levantado. Estendendo o braço o máximo possível.

Braço direito.

Respira.

Braço esquerdo.

Braço direito.

Respira.

Braço esquerdo.

E sempre, sempre, em frente, em frente, enfrente o que enfrentar. Sempre.

Números

Talvez você lembre. Eu não lembro.

A loteria do alistamento.

A notícia apareceu. Talvez você fosse assistir alguma coisa e tenha ficado surpreso. Talvez estivesse esperando aquele programa há uma semana. Ou mais. Talvez tivesse cancelado planos. Saído mais cedo do trabalho.

Para estar ali na frente da televisão no dia 1º de dezembro de 1969. Ou estava ouvindo no rádio, na sala de estar com a família, como se ainda fosse 1940. Seu pai andando de um lado para o outro como o pai dele pode ter feito em 1940. Sua mãe ali com sua cara mais corajosa. A cinza crescendo na ponta do cigarro.

Ou você estava ouvindo num radinho de pilha apoiado numa prateleira em cima da pia, no seu emprego de lavador de pratos, junto com os caras todos da cozinha. Cada um superatento aos números. O único sujeito mais velho, o único com mais de trinta, de boca fechada pela primeira vez.

Talvez você tenha entrado no carro para ouvir. Porque a recepção era melhor, você disse. Mas na verdade você só queria ficar fora daquela casa, longe dos colegas de quarto. Ou da namorada. Ou de todo mundo. Só queria estar dirigindo.

Talvez você lembre. Eu não lembro.

A notícia apareceu e veio um repórter, Roger Mudd, da CBS. Ele é jovem e bonito no vídeo que você pode ver hoje no YouTube. Eu não tinha percebido que um dia ele foi jovem e bonito.

Era a primeira loteria de alistamento desde o outono de 1940. Pouco mais de um ano antes de os Estados Unidos entrarem na Segunda Guerra Mundial, mas àquela altura Washington já sabia onde aquilo tudo ia dar.

Vinte milhões de homens com idades entre vinte e um e trinta e seis anos tiveram que se registrar. Tiveram que ver sua data de nascimento associada a um número, de 001 a 366. Havia um número a mais para os nascidos em anos bissextos. Para que esses números pudessem ser escritos em tiras de papel, para que aquelas 366 tiras de papel pudessem ser colocadas em 366 cápsulas, e colocadas numa grande bacia.

Houve uma grande cerimônia.

O ministro da Defesa foi vendado com um pedaço de tecido cortado de uma cadeira usada na assinatura da Declaração de Independência. Ele tirou uma cápsula da bacia, que tinha sido agitada com uma espécie de colher feita com uma viga do teto do Liberty Hall, e entregou a cápsula ao presidente. E milhares de pessoas, unidas apenas por seu estatuto de cidadãs, e pelos vários resultados possíveis de séries e séries de jogos de azar, de sincronias e processos biológicos e acasos, que significaram que cada uma delas nasceu homem, precisamente naquele dia do calendário, durante aquela estreita janela de anos... milhares de pessoas seriam mandadas para a guerra.

Houve menos cerimônia em 1969. Nada de vendas. Nada de relíquias que envolvessem aquela noite no espírito da fundação da nação. Só carpetes, cortinas e os beges e marrons da burocracia da era do Vietnã. Nada de presidente, nada de ministros para fazer as honras. Nixon deixou que o processo de seleção dos números fosse realizado por funcionários e suas secretárias. E ao menos um rapaz do Conselho de Jovens da presidência.

Era para haver outros. Mas os outros se negaram. Disseram que não queriam ser usados pela administração Nixon.

Mas os números foram escolhidos mesmo assim. Tirados de cápsulas azuis que saíam de uma bacia transparente. Diante das câmeras, para que ninguém pudesse acusar o processo de fraude. Pelo menos não o processo.

E tiras de papel foram abertas e presas em quadros de avisos. Uma data impressa, colocada ao lado de números dispostos em ordem. De 001 a 366. E você ficava esperando. Esperando ouvir o dia do seu aniversário. Aquele dia que você lembra melhor que qualquer outro. Esperava que fosse anunciado e colocado ao lado do que então seria sua ordem de alistamento. Que determinaria quando você teria que se apresentar ao Exército.

Você inclusive teve que esperar os comerciais.

E numa outra noite, depois daquela, haveria nova loteria. Dessa vez escolhendo letras. Ela determinaria a ordem exata em que homens com a mesma data de nascimento teriam que se apresentar para o alistamento. Os que tivessem iniciais JSM antes de JJS ou JRS, sei lá.

Depois houve um estudo, uma análise estatística que sugeriu que o sorteio das datas não foi totalmente aleatório. Que não mexeram direito as cápsulas na bacia. Que datas que caíam em dezembro não saíram com a frequência esperada. Logo no começo. Mas os números selecionados naquela noite de sexta-feira, no inverno de 1969, não seriam reconsiderados.

Então 850 mil homens ficariam esperando.

Coração na garganta. Joelhos inquietos. Dedos batucando no volante. Cada um fazendo o que fazia quando estava nervoso. Quando esperava alguma coisa. Algum jogo de azar que determinaria o rumo da sua vida. Que podia destruir todos os planos que tinham. Acabar com toda a esperança que tinham para a vida à frente. Que podia acabar com a vida à frente. Que acabaria separando aquela geração entre alistados, postergados, fugitivos.

Algo que já estava fazendo tudo isso naquela noite, enquanto eles assistiam e ouviam o aniversário dos amigos sendo selecionado, e ficavam felizes por não ser o seu. Enquanto ficavam na cozinha consolando um colega, dizendo que a guerra teria acabado antes que o seu número trinta e sete significasse que ele precisava ir ao Vietnã. Torcendo que fosse verdade. Enquanto já sabiam que o cara que ficou com o número 224 nunca teria que cumprir sua promessa de fugir para o Canadá. Quando tiveram que olhar nos olhos do irmão, que ficou com o dezesseis.

E você estava com 172.

Eles estavam sentados no capô morno do carro, em campo aberto, noite fria, com o melhor amigo. Eles nunca esqueciam o aniversário do amigo, porque era o dia de são Valentim. O que significava que ele era número quatro. E eles o embebedaram.

E assim por diante.

Na fila

Sente. Pegue uma caneta. Pode ser um lápis. Anote isto aqui.

Seção 269. Toda divisa ou concessão de terras, ocupações ou heranças, ou qualquer benefício delas decorrente, por uso próprio ou vicário, presente ou futuro, adquirido ou contingente, ou qualquer renda derivada de venda de tais terras, contido em qualquer testamento ou codicilo, ou outro documento de cunho testamentário, em favor de qualquer corporação religiosa ou eclesiástica, individual ou agregada, ou de qualquer sociedade religiosa ou eclesiástica, ou a qualquer denominação religiosa, associação ou pessoas de natureza religiosa, ou a qualquer pessoa ou companhia fiduciária, seja de forma explícita, seja implícita, propositada ou involuntária, seja para uso e benefício de tal corporação, sociedade, denominação ou associação religiosa, seja com o fim de ser transformada em doação ou apropriada para fins de caridade, fica desprovida de valor, e seu herdeiro legal ficará com as mesmas propriedades divididas ou legadas, como se disposição testamentária não houvesse.

Agora escreva uma redação, com uma interpretação dessa legislação.

Se você fosse negro.

Se fosse branco, o funcionário, que também era branco, que era sempre branco, no tribunal do condado de Monroe, em Canton, Mississippi, em 1964, te daria um trecho diferente da constituição estadual para analisar e interpretar. Uma única frase. E então uma resposta simples.

E se você não acertasse, se não soubesse ler direito, você podia pular aquela questão, por ser uma pessoa de elevada posição moral. E teria direito de votar. Direito de exercer um direito concedido a todo cidadão americano com mais de vinte e um anos de idade. Pela décima quinta emenda. Desde 1870. E a toda mulher americana com mais de vinte e um anos de idade pela décima nona emenda. Desde 1920. O mesmo direito que era propositalmente negado pelo que chamavam de "Leis de Alfabetização" nos estados da antiga Confederação. Nem tão antiga assim, em 1964.

Em Canton, setenta e dois por cento da população era de negros. No condado, naquele ano, havia mais de doze mil negros que poderiam votar. Menos de duzentos estavam de fato registrados para isso.

Duzentas e sessenta e cinco pessoas formavam fila. E esperavam. Esperavam com seus gorros e chapéus, ternos, gravatas e roupas domingueiras. O dia estava frio e o vento cortava, feria. E elas puxavam as mangas das camisas, e sopravam nas mãos.

Duzentas e sessenta e cinco pessoas. Muitas delas pessoas de idade, recurvadas. Com idade para ter pais (talvez), avós (certamente), que foram escravos ali, naquele condado. Gente que talvez tivesse cravado a pedra fundamental, as colunas brancas, empilhado tijolos e construído o tribunal que ficava no centro da cidade desde 1865.

Dentro do qual um homem, num escritório decorado pela bandeira confederada ao lado da porta, decidia quem podia votar.

Talvez seus avós tivessem cravado as estacas da cerca de metal que rodeava o prédio. Junto à qual aquelas 265 pessoas estavam enfileiradas, esperando para poder se registrar para votar. Para poder ser recebidas naquele escritório decorado pela bandeira confederada ao lado da porta. Uma a uma. Para fazer um teste concebido para ser injusto.

A fila dava a volta na quadra. Descia a rua. Enquanto um assistente do xerife, com uma jaqueta de couro preto, andava ao longo dela carregando uma metralhadora. Um cassetete pendurado de uma argola no cinto numa mão, revólver de cabo de osso na outra.

Policiais junto à porta do tribunal gritavam. Provocavam e ameaçavam as pessoas que conheciam, ali na fila. E o mesmo se dava com os curiosos, brancos, que vinham ver o espetáculo. E talvez começar alguma encrenca.

Todo mundo conhecia todo mundo, numa cidade pequena como aquela.

Todo mundo sabia onde todo mundo morava. E sabia o que esperava um negro que não sabia o seu lugar. Que não sabia o que era bom.

Vinte e cinco anos antes daquela sexta-feira de fevereiro, em 1964, Claude Brooks foi linchado naquela cidade. Muitos ali naquela fila eram provavelmente conhecidos de Claude Brooks. Conhecidos de Joe Rogers. Linchado um ano depois.

Meio ano antes, meia quadra adiante, Medgar Evers tomou um tiro nas costas por tentar ajudar pessoas como eles a se registrar para votar.

Eles sabiam como aquilo tudo podia acabar. Sabiam bem demais.

Souberam a vida toda.

Três meses depois alguém dispararia tiros contra o quartel-general dos ativistas que tinham ido a Canton registrar eleitores negros. Algumas semanas depois alguém lançou uma bomba. Seis meses depois duas igrejas, em dois bairros negros, seriam incendiadas. Duas entre as duas dúzias de igrejas incendiadas no Mississippi, só naquele inverno.

E naquele dia de fevereiro de 1964, 265 pessoas fizeram fila o dia todo, esperando. E menos de sete puderam entrar para ao menos ter a chance de fazer aquele teste fajuto. Dois anos depois, um ano inteiro depois que o presidente Johnson assinou a Lei do Direito ao Voto, pessoas que marchavam pelos direitos civis iriam apanhar e tomar bombas de gás no parquinho de uma escola naquela rua.

E aquelas pessoas ainda estariam esperando.

Cinquenta anos depois você está ouvindo essa história, que soa perfeitamente familiar. Igual a uma versão de uma história que você já ouviu. Você pode imaginar aquilo tudo. A fila. O filme em preto e branco. Os policiais de cabelo raspado e cassetetes.

Você já ouviu essa história. E eu sei disso.

Mas eu sei que algumas histórias precisam ser recontadas. E eu sei que para ficar parado, esperando na fila, primeiro você tem que ficar de pé.

E 265 pessoas ficaram de pé naquele dia.

Embaixo dos nossos pés

É claro que aqueles ossos estavam ali quase desde sempre.

As pessoas os encontravam em leitos de lagos, poços de piche, engastados em falésias brancas com faixas de calcário desde que existiam pessoas no mundo. Ossos de dinossauros, de tigres-dentes-de-sabre e de preguiças da altura de um orelhão, que eram tão arcaicas quanto eles.

Culturas diferentes tinham interpretações diferentes. Que encontravam naqueles ossos a prova da existência de dragões, de ogros e gigantes bíblicos... e de outros animais míticos que não eram menos incríveis, nem menos espetaculares do que essas criaturas acabaram revelando ser.

Mas os ossos, no geral, ficavam no chão.

De vez em quando alguém fazia uma descoberta fantástica. Normalmente encontrando uma versão antiga e turbinada de algum animal contemporâneo. É uma preguiça, mas é grande. É um elefante, mas é peludo.

Mas nos anos 1820 vários cientistas britânicos reuniram pistas a partir de peças de esqueletos e de dentes encontrados numa floresta inglesa. E descobriram uma criatura que chamaram de iguanodonte. E depois disso as pessoas começaram a escavar profissionalmente. Encontrando mais ossos e fósseis. Identificando mais espécies.

Até que todos esses animais absolutamente novos que estavam ali, embaixo dos nossos pés, desde sempre, ficaram conhecidos como dinossauros. Batizados em 1842 pelo naturalista Sir Richard Owen.

O nome significava lagartos terríveis, ou lagartos tirânicos, ou lagartos grandes e amedrontadores... dependendo de como você prefira traduzir do grego. E lá, no começo da era vitoriana, os dinossauros viraram moda.

Porque (1) dinossauros são sensacionais e (2) você estava ali, vivendo sua vidinha vitoriana, lidando com seu dia a dia vitoriano, usando cartolas, abotoando anáguas, tungando carteiras, e de repente estava vivendo num mundo em que dinossauros um dia existiram.

Mas por anos e anos as pessoas só puderam ter os ossos. E os cientistas ficavam especulando sobre o que resultaria da junção daqueles ossos todos.

Naquele momento ninguém ainda tinha montado um esqueleto completo. E assim ninguém sabia qual seria a aparência daqueles animais.

Até Sir Richard Owen convocar Waterhouse Hawkins.

Hawkins era um dos melhores ilustradores científicos do Reino Unido na metade do século XIX, o que na época não era tarefa simples. Estávamos em plena era vitoriana, e o Império Britânico cobria o mundo todo. Um mundo também coberto por grandes inovações tecnológicas, no transporte, no meio editorial...

E os jornais e periódicos científicos se tornaram gabinetes de curiosidades, aonde as pessoas iam em busca de criaturas exóticas, e lugares e modos de vida igualmente exóticos. Que provavelmente nunca veriam pessoalmente, presos que estavam a suas ilhas chuvosas no meio do Atlântico Norte.

A especialidade de Hawkins eram os animais. Ele desenhava animais e estudava sua anatomia desde a infância. Sabia como os ossos cartilaginosos do punho de um esquilo-voador ajudavam o animal a guiar seu voo planado. Como as longas tíbias e fíbulas de um canguru o ajudavam a pular. Portanto era a pessoa certa para aquela tarefa quando Sir Richard Owen pediu que ele fizesse um dinossauro.

Numa festa de Réveillon, vinte e um dos mais eruditos entre os eruditos deram as boas-vindas ao ano de 1851, enquanto ceavam dentro de um dinossauro.

Tinham sido convidados a visitar o estúdio de Hawkins em Londres, para ver suas criações. Gigantescos modelos em tamanho real. Feitos de aço, tijolos e concreto pintado. Eles seriam instalados no terreno da Feira Mundial, a grande exibição que deveria ser inaugurada em Londres, em maio daquele ano. Então os eruditos cientistas e destacados luminares literários subiram os degraus de uma plataforma de madeira, para entrar num iguanodonte.

Tinha quatro metros e meio de altura. Nove do focinho à cauda. Hawkins tinha deixado uma abertura no alto da criatura oca, como quem tira a capota de um conversível, e ali eles se banquetearam com carne de coelho, pernil, torta de pombo, beberam vinho do Porto e xerez, e aquiesceram com sabedoria enquanto Hawkins ia lhes mostrando como tinha chegado a entender a aparência que um dia tiveram esses dinossauros.

Os dentes, disse ele, eram como os da iguana. Daí seu nome. E daí as escamas que lhe recobriam o corpo todo. Ele não tinha tantos ossos em que se basear, mas tinha uma quantidade suficiente para lhe dar uma noção das dimensões do animal. E havia um osso em particular, um espeto, algo como um espinho, que ele não conseguia encaixar. Então decidiu que tinha que ser um chifre, como num rinoceronte.

E ele estava absolutamente errado sobre boa parte dessas coisas. O chifre, as escamas, essa coisa toda de um lagarto verde, como uma iguana.

E seus dinossauros não ficavam eretos o suficiente. Não pareciam ágeis. Eram lagartos pesados. Ainda que seja necessário dizer, em sua defesa, que ainda levaria coisa de um século antes de as pessoas entenderem tudo isso.

E parte do problema vinha dos materiais que ele usava. Era difícil fazer aço, tijolos e concreto parecerem leves. Que dirá fazer com que eles parecessem ter agilidade para perseguir uma van do Parque dos Dinossauros.

Hawkins tinha só extrapolado a partir do que já sabia. E entendeu muita coisa errada. Mas os resultados eram espetaculares.

Entre maio e outubro de 1851, seis milhões de pessoas passaram pela feira.

Um salão gigante, de aço e de vidro, num vasto parque no centro de Londres, como uma catedral, ou um palácio de cristal, como acabou sendo conhecido. Seis milhões de pessoas viram as maravilhas daquele tempo. Entreviram o futuro graças às invenções exibidas ali.

Imagens tridimensionais. Máquinas para votar. Revólveres. Os primeiros banheiros públicos. E seis milhões de pessoas viram o passado, encantadas ao caminhar por entre os dinossauros de Hawkins.

Trinta e três modelos. Seus gigantescos iguanodontes e megalossauros, seus pterodáctilos alados, seus dicinodontes, com cascos de tartaruga. (No fim eles nem tinham aqueles cascos. E eram mais parecidos com um hipopótamo do que com o modelo de Hawkins...)

Você ainda pode ver os modelos. Num parque, do outro lado da cidade, onde eles e o próprio Palácio de Cristal acabaram sendo realocados depois da grande exposição. Antes de o palácio incendiar, depois de anos de melancólico abandono. E se você for vê-los, você, com seus olhos do século XXI, vai ver imediatamente que eles mal se parecem com os dinossauros que você conheceu desde a infância. Ou os dinossauros coloridos, com penas, a respeito dos quais você vem lendo há anos, mas que ainda não conseguiu aceitar plenamente, nem acolher no coração.

Mas, para o visitante vitoriano, ficar sabendo o que estava embaixo de seus pés desde sempre... caminhar entre dinossauros, por mais que no fim eles pouco lembrassem dinossauros, era algo diferente de tudo que tinham feito na vida.

Hawkins pode ter errado tanta coisa, mas isso ele acertou. E isso ele lhes deu.

E em troca eles lhe deram todos os louvores que um ilustrador de história natural e construtor de modelos paleontológicos podia ousar esperar. Ele era uma estrela. Dando aulas, escrevendo textos, vendendo desenhos e modelos em miniatura. E então fez o que tantas celebridades britânicas já fizeram nos anos que se seguiram: ele foi para a América.

E encontrou fãs devotados e palestras lotadas. Não era como os Beatles no Shea Stadium, mas deve ter sido bem impressionante. Vir àquele mundo novo, e falar para seus habitantes das antigas maravilhas que estavam embaixo de sua terra.

O Central Park foi aberto para o público no inverno de 1858. A cidade de Nova York estava crescendo, em população e em prestígio, e se quisesse ser uma capital internacional, se quisesse um dia competir com cidades como Londres, ou Paris, precisava imitar alguns dos gestos dessas cidades.

Então Londres tinha o Hyde Park, e agora Nova York tinha este.

No Hyde Park havia o Palácio de Cristal, dinossauros à espreita pelo terreno, arrepiando e educando os frequentadores... seria igual com o Central Park. Então Waterhouse Hawkins recebeu encomendas de novos dinossauros, mais dinossauros, mais espetaculares. E lhe encomendaram um novo Palácio de Cristal.

Ele o chamaria de Museu Paleozoico. Uma catedral de vidro e de aço, dedicada à investigação científica. Que marcaria permanentemente o canto sudoeste do parque.

Ele mergulhou no trabalho. Construindo suas criaturas. Projetando os salões e os cenários. Esboçando os dioramas. Imaginando a luz que entraria pelo teto de vidro, como ela mudaria com o passar das estações e das nuvens. Como daria vida ao passado.

E então seu trabalho

e a história...

acabam de maneira abrupta.

Eles estavam prestes a erguer o museu. Estavam literalmente cavando as fundações ali no Central Park.

Tudo estava indo bem.

A comissão que administrava o parque adorou os planos. O público estava empolgado. Mas os ocupantes do Tammany Hall, o grupo de políticos corruptos que administrava a cidade, simplesmente cortou toda a verba, do dia para a noite. Nós não sabemos exatamente por quê. Podemos como que montar alguma explicação com os fragmentos de história que as pessoas foram desencavando.

Pode ter sido uma questão de dinheiro. Pode ser que os envolvidos no projeto do museu não estivessem molhando direitinho as mãos do pessoal do Tammany Hall. Pode ter sido que um dos corruptos de mais alto escalão simplesmente não gostava de dinossauros. Que achava que eles eram uma afronta aos ensinamentos bíblicos.

E a verdade está aí, em algum meio de caminho.

E existe mais uma peça do quebra-cabeça. E essa é extraordinária. Porque depois que Hawkins reclamou, e denunciou a extorsão e a corrupção do Tammany Hall, seu estúdio foi invadido no meio da noite... e todos os seus dinossauros foram destruídos. Todas as suas criaturas. E os invasores as enterraram no Central Park.

E há ainda outro fragmento da história.

Mal é uma cena.

É Waterhouse Hawkins perturbado, no meio da noite, na chuva, escavando a terra com as mãos nuas para encontrar o que restava de seus dinossauros.

Nós só podemos extrapolar a partir dos fragmentos. E imaginar o que ele estava sentindo naquele momento. E podemos lembrar Waterhouse Hawkins, e como ele mostrou ao mundo as maravilhas que estavam ocultas embaixo dos nossos pés.

E podemos lembrar seus dinossauros, que ainda estão lá.

Peregrinar

Um cartão-postal da estrada entre Parlier e Fresno, na Califórnia. Vinte e quatro de março de 1966.

Alguém tinha varrido o chão. Alguém tinha recolhido as latas de refrigerante do piquenique da noite anterior. E alguém tinha fechado os sacos de lixo e perguntado à pessoa que os recebia onde ficavam as latas. E levado os sacos para os fundos.

E aí todos se ajoelharam, para a missa.

E aí caminharam.

Como vinham caminhando todo dia desde que saíram de Delano. Vinte, vinte e cinco quilômetros por dia. Sempre rumo a Sacramento. Sob os estandartes dos Estados Unidos, do México, da Virgem de Guadalupe e dos Trabalhadores de Fazenda Unidos. O pássaro-trovão, sobre branco, sobre vermelho. Desenhado de maneira tão simples que qualquer um poderia fazer. Impresso numa placa que podiam balançar enquanto andavam.

Havia setenta e sete pessoas na caminhada, quando eles saíram de Delano. Um homem, um catador de uvas, um grevista, um *huelguista* como todos, tinha pegado uma gripe, e acabou indo para casa. Não queria ir para casa.

Agora eram centenas. Neste que era seu oitavo dia. Numa jornada de quinhentos quilômetros pela coluna dorsal da Califórnia, pelo seu Vale Central, rumo à capital do estado. Para exigir o direito de organizar os trabalhadores do campo em sindicatos. Para exigir um pagamento de um dólar e quarenta centavos por hora. Para exigir nada menos que a dignidade humana.

Foi assim que Dolores Huerta, César Chávez e Luis Valdez conceberam aquela ação em seu documento de Delano, sua Declaração de Princípios. Lida em voz alta toda noite, em toda cidade rural do caminho. E citada para os repórteres que os acompanhavam a pé. Em grupo, junto dos agentes do FBI. Que estavam ali em busca de subversivos, mas que apenas encontraram cidadãos. Subindo a estrada 99 e as estradas vicinais, em meio a pomares em flor e campos de tomate arados para o plantio.

Estavam caminhando porque Chávez admirava Martin Luther King. E os homens e as mulheres que caminharam com ele de Selma até Montgomery. Estavam caminhando porque ele admirava Los Peregrinos, na estrada que levava à basílica de Nuestra Señora de Guadalupe, perto de onde a Virgem aparecera a um certo Diego Cuauhtlatoatzin. Admirava aqueles peregrinos que caminhavam, às vezes centenas de quilômetros, de joelhos nos últimos. Estavam caminhando porque Chávez, como sua igreja, acreditava que dor e penitência eram coisas intimamente ligadas. E porque ele sabia que poderiam fazer aquilo. Apesar do calor, dos quilômetros e das bolhas.

Ele sabia que os caminhantes teriam a resistência necessária. Durante a vida toda eles fizeram pouco mais que resistir.

Colhiam. Plantavam. Cortavam. Enfeixavam. Erguiam. Tinham poucos equipamentos de proteção, nenhuma estabilidade de emprego, nada dessa conversa de salário mínimo. Tinham passado a vida toda no campo, no calor, no frio, sem pausas e sem banheiro. Muitas vezes sem árvores atrás das quais se esconder.

Só os outros trabalhadores. Muralhas de mulheres que tapavam a visão dos capatazes.

Tinham passado a vida curvados. Forçados quase sempre a usar uma ceifadeira de quarenta e cinco centímetros. Não porque fosse a melhor ferramenta para aquela tarefa. Mas porque *tinham* que se curvar para usar aquela ferramenta. Para que os supervisores pudessem pegar quem resolvesse se esticar ou matar trabalho.

E precisamente por passarem a vida curvados, eles passavam a vida doloridos. Sabiam como ficava um corpo humano depois de doze horas plantando sementes de beterraba. De dez em dez centímetros. Ou podando trepadeiras espinhosas. Ou levando sacas de quarenta e cinco quilos. Conheciam o assédio sexual. Conheciam salários de miséria. Conheciam abrigos precários. Conheciam a situação de passar a manhã toda esperando, torcendo que o capataz os escolhesse. Que ganhassem a oportunidade de passar mais um dia curvados.

E precisamente por passarem a vida curvados, Chávez sabia que eles se ergueriam quando tivessem a oportunidade. E sabia que podiam andar o quanto fosse necessário.

Havia setenta e sete pessoas quando eles saíram de Delano. Homens e mulheres. Velhos e jovens. Quase todos catadores de uvas, mexicanos-americanos. Agora havia freiras das paróquias locais, ativistas de Berkeley, em busca de sua próxima causa. Havia um negro e um branco que vieram lá do Mississippi e disseram à imprensa que estavam cansados das pessoas do Norte que desciam até o Sul para ajudá-los. Era hora de eles ajudarem o Norte.

Foram os primeiros protestantes que os peregrinos conheceram na vida. Os primeiros judeus. Os primeiros deputados estaduais, também, que estavam ali para melhorar sua imagem num ano de eleição. Havia um cara de Wisconsin, que administrava um jornal em finlandês na sua cidade. Ele tinha ido passar férias na Califórnia. O sol, as ondas, as Sierras e tudo mais. Mas leu as notícias que falavam da marcha, e agora era um deles.

Tinham saído de Delano com sacos de dormir, algumas roupas, placas e páginas com letras de músicas. Nenhuma comida.

Confiavam que haveria o que comer na próxima cidade. Que haveria gente de bem que os receberia e os alimentaria.

E sempre houve.

E um chão para dormir. E refeições feitas em casa, trazidas em pratos cobertos.

Vinha gente ficar à beira da estrada, encorajando, testemunhando, entregando água. A polícia rodoviária estava ali para monitorar a situação, mas àquela altura já sabia que não haveria grandes problemas. Era só questão de evitar que alguém acabasse ficando no caminho de um carro. Enquanto os caminhantes abriam sua trilha naquele mundo de John Steinbeck.

O Vale Dourado se abrindo. Ladeado de colinas tocadas pelo sol.

Crianças faltavam à aula para passar o dia na estrada. Mães traziam os pequenos, para que um dia pudessem lhes dizer que também tinham caminhado. Trabalhadores abandonavam os campos e se juntavam aos peregrinos. Por um dia. Um quilômetro. Uma quadra. Enquanto achassem que podiam ficar sem se meter em confusão. Antes de voltarem a suas fileiras, a suas cotas, curvados, enquanto os estandartes sumiam no horizonte.

Em mais oito dias os caminhantes chegariam a Sacramento. No Domingo de Páscoa. E seriam um grupo de oito mil pessoas. Tantos trabalhadores do campo, ativistas e simpatizantes se juntariam a eles que levaria uma hora para todos atravessarem a ponte que cruzava o riozinho em torno da cidade.

Àquela altura um dos fazendeiros, uma das empresas que plantavam uvas, já aceitaria reconhecer seu sindicato. Haveria outras vitórias no futuro. E perdas. Haveria muitas. Haveria outras marchas. E greves de fome quando as marchas deixaram de virar manchetes.

Haveria cisões e fraturas na organização dos trabalhadores rurais. E depois cisões e fraturas dentro das organizações que seriam geradas por aquelas cisões e fraturas. Haveria passos atrás e passos à frente. Haveria um dia de folga do trabalho todo ano na Califórnia, em homenagem ao aniversário de César Chávez.

E ainda restaria tanto a fazer.

Mas eles não sabiam disso ali. Enquanto caminhavam pelas estradas que cercavam campos que conheciam tão bem.

Eles só sabiam que resistiriam.

E sabiam como as sementes criam raízes.

E seguiam caminhando.

Promessa

Era de tarde, a mãe de Hazel estava trabalhando e sua avó lhe cantava uma musiquinha, para ver se ela dormia.

Era um hino de que ela gostava muito, e que normalmente funcionava. Mas naquele dia foi a vovó que acabou caindo no sono no sofá. Então Hazel, de três anos de idade, levantou da cama e ficou andando pela casa ensolarada, em Trinidad. Uma brisa morna entrando pelas janelas abertas...

E ela foi até o piano. E tocou o hino. A canção que a vovó tinha cantado para ninar a si própria.

Ela nunca tinha tocado piano na vida.

Ela pegou o que tinha aprendido vendo a mãe dar aula a crianças mais velhas quando ninguém sabia que ela estava olhando. Pegou o que conseguiu deduzir a respeito do funcionamento dessa máquina maravilhosa que ainda não tinha autorização para tocar. E pegou o que tinha ouvido. Pegou a música que a preenchia por dentro. E tocou. Não como uma criança. Não se tratava de notas tocadas a esmo, tentando encontrar uma melodia...

O que sua avó ouviu, já desperta e de queixo caído na porta, foi música. Perfeita. Duas mãos independentes. O que ela ouviu, conforme disse depois, foi um milagre.

Era de tarde, e Frank Damrosch estava no seu gabinete no Conservatório Juilliard, anotando alguma partitura de Mendelssohn ou Mahler, fosse o que fosse o que fazia o catedrático antes de ouvir alguém cometendo uma atrocidade em outra sala. Ele não podia tolerar aquilo. As audições não estavam sob sua responsabilidade, mas ele não podia simplesmente ficar sentado à toa enquanto alguém destroçava Rachmaninoff.

O sentido de uma audição em Juilliard era você demonstrar sua maestria na lida com as obras dos mestres. O sentido da audição era você mostrar o que tinha aprendido para eles poderem determinar se você podia aprender. Mas aqui alguém estava acabando com o dia do professor ao acabar com o *Prelúdio em dó sustenido menor*.

Alguém estava *improvisando*. Interpretando a peça.

E enquanto descia furioso o corredor para acabar com aquilo, ele conseguiu ouvir ainda melhor o que estava tão errado ali. Alguém estava tocando os acordes menores como acordes de sexta. Era um abastardamento que quase configurava blasfêmia.

E o professor abriu a porta de supetão. E ficou parado ali. De queixo caído.

A música cobria o ruído dos carros na rua 120, enquanto ele via uma menina de oito anos de idade ao piano. E vamos dizer de uma vez: enquanto ele via uma menina *negra* de oito anos de idade. E era 1931. E quanto esse cara podia ser *descolado* em 1931?

E enquanto ele a via tocar, percebeu que ela estava tocando as sextas, e tinha mudado o tom da peça, porque seus dedos não alcançavam uma oitava inteira. E era o que podia fazer, com suas mãozinhas de oito anos.

Já sua cabeça, aparentemente, podia fazer qualquer coisa. E ele nunca tinha visto uma coisa como aquela. Isso não era precocidade. Era um prodígio. Era gênio. Era o tipo de promessa que tinha que ser domada, alimentada. Era o tipo de promessa que precisava ser cumprida.

Era noite, em 1939, e o público do Café Society, um clube noturno, um trocadilho, um utópico ponto de reunião no Greenwich Village, o lugar preferido dos *hipsters* dos anos 1930, dos radicais, de nascença e pretensos, tinha comparecido para ver a cantora de blues Ida Cox.

O café tinha sido inaugurado um ano antes como uma provocação intencional, um dedo do meio erguido para a vida noturna de pele branca e de luvas brancas de Manhattan. O lugar era acintosamente não pretensioso, e politizado. Era o único lugar ao sul do Harlem em que tanto os artistas quanto a plateia eram completamente mistos. E numa noite qualquer você poderia encontrar Langston Hughes ou Paul Robeson, ou vários Rockefeller... ou Eleanor Roosevelt. Assistindo todo mundo. Big Joe Turner, Sarah Vaughan, Lena Horne, mas não Ida Cox. Ao menos não naquela noite.

Ela estava doente.

E então Billie Holiday, que também tocava ali, que cantou "Strange fruit" pela primeira vez naquele palco, recomendou uma moça lá do norte da cidade. Uma menina de Trinidad. Que estudava piano com professores de Juilliard desde os oito anos de idade. Que tocava em igrejas e ganhava concursos lá no Harlem há anos, apesar de estar apenas com dezenove.

E assim Hazel Scott teve sua chance no Café Society.

Imagine aquele ambiente, com seus poetas, esquerdistas, músicos e quem sabe até uma primeira-dama. Todos tontos, ou mais que tontos. Amontoados em volta de mesinhas de coquetéis, em meio à névoa dos cigarros. E essa menina de dezenove anos vai até o piano, com um vestido branco sem alças. E eu vou dizer, para você poder ver melhor a situação: ela é *linda*.

E não cai no blues, não entra direto em algum ritmo de *stride* à la Fats Waller. Ela toca Bach. E Rachmaninoff (suas mãos agora já são bem grandes). E Franz Liszt. Toca tudo isso de forma séria, elegante e respeitosa.

E depois não.

Ela fez a mesma coisa por anos a fio: pegar uma peça conhecida do cânone clássico e como que abrir sua estrutura, e entrar ali, levando consigo tudo que tinha, os ritmos das Índias Ocidentais, tudo que aprendeu nas aulas de Frank Damrosch, em igrejas e nos salões de baile e nas gafieiras do Harlem, e fora da cidade, onde sua mãe tocava saxofone numa banda só de mulheres... ela acrescentava notas no baixo no primeiro e no terceiro tempo dos compassos, dava a tudo um certo suíngue sincopado, improvisava em escalas atordoantes, tocadas em velocidades ridículas.

De modo que o velho e familiar era agora novo e ousado.

E ela levou essa ideia (as pessoas chamavam de "suingar os clássicos") ao Carnegie Hall, a aparições especiais com a orquestra de Count Basie, até chegar a um espetáculo fixo no Café Society, que ficou tão popular que seus donos decidiram abrir outra sede no norte da cidade. Onde ela tocava toda semana.

Onde fez amizade com Sinatra, Dizzie, Bird, Lena e Lenny Bernstein. Onde chamou a atenção de Adam Clayton Powell Jr., o primeiro deputado negro no Nordeste dos Estados Unidos.

Eles se casaram. Tiveram um filho. Eram os queridinhos da cidade. Ela apareceu na capa das revistas *Ebony* e *Essence* inúmeras vezes. Foi uma ativista, e foi uma das únicas artistas na época que se recusaram a tocar para plateias segregadas. Ela aparecia para um show, num grande teatro de alguma cidade grande, descobria que a plateia, lotada, era toda branca, ou descobria que ela, ou os músicos de sua banda, tinham que usar a porta dos fundos, tinham que usar a entrada para pessoas "de cor"... e simplesmente caía fora.

Ela levou o mesmo espírito aguerrido para Hollywood, quando negociou os termos de seu primeiro contrato. Tinha visto filmes demais para ver músicos e atores negros, talentos monstruosos fazendo papéis de mordomos e criadas humildes. Viu seu amigo Louis Armstrong, um dos maiores artistas do século XX, vestido de selvagem, com peles de leopardo, ali, na tela grande.

Então Hazel Scott estabeleceu suas próprias condições quando assinou com a Archaea Pictures. Jamais faria papel de criada, nem de boba. Jamais passaria pelas indignidades que atores negros como Bojangles Robinson ou Butterfly McQueen tiveram que suportar na tela. Teria direito de vetar todos os números musicais, usaria suas próprias roupas.

Ela só apareceria como ela mesma.

E as plateias a adoravam.

E ela se tornou a primeira pessoa negra, homem ou mulher, a ter um programa próprio na televisão em rede nacional.

Era 1950, e Hazel Scott, imigrante, criança prodígio, era uma das artistas mais queridas e mais bem-sucedidas dos Estados Unidos. Uma das mulheres mais famosas do mundo. E era vista como a prova viva da promessa americana.

Mas a América sempre teve dificuldades para cumprir suas promessas.

O nome dela apareceu numa lista de pessoas suspeitas de atividades subversivas. Ela havia cantado, uma década antes, num espetáculo beneficente do Café Society, para arrecadar dinheiro para um candidato do Partido Comunista à câmara municipal de Nova York.

Hazel Scott se ofereceu voluntariamente para depor para o Comitê de Atividades Anti-Americanas do Congresso. As pessoas não se *ofereciam*. E as pessoas lhe disseram para não fazer uma coisa dessas. Mas ela foi, porque não tinha o que esconder. E foi porque era Hazel Scott. Estrela adorada. Esposa de um deputado. Seguramente imune a listas negras. Quem poderia ser melhor para denunciar as injustiças da caça às bruxas de McCarthy?

Então ela depôs, disse o que tinha a dizer. E seu programa de televisão foi cancelado. E sua carreira no cinema acabou. E sua agenda de shows minguou.

E ela ficou com os cacos. Com o que restava das promessas não cumpridas. Para tentar montar uma vida.

Não há final feliz aqui. Não há voltas por cima, não há redenções. Não há retornos triunfantes. Só a vida.

Ela se mudou para Paris, depois para Los Angeles, e Paris de novo.

Ela se divorciou. Casou de novo. Divorciou-se de novo.

Ela fez uma passeata até o consulado americano, com James Baldwin, no dia em que Martin Luther King marchou até Washington. Ela queria ter estado em Washington.

Tentou suicídio duas vezes. Foi à falência e se recuperou. Teve amizades que a mantiveram de pé por décadas. Teve amizades que tantas vezes acabaram tão cedo. Bird, Billie e tantos outros... drogas, bebida. Fez shows em saguões de hotel, onde o ambiente era pequeno, mas o som era perfeito. Ela tocava tão bem e cantava tão bem... e as pessoas simplesmente ficavam embevecidas. Fez participações especiais em sitcoms. Lançou um disco excelente no começo dos anos 1960. E um de disco music, bem menos interessante.

Foi avó. Adorou ser avó.

Foi esquecida. Mas tantas são.

Foi esquecida. Mas não devia ter sido.

E há um poema. Um pedaço de um poema para servir de lembrança dela. Se você quiser.

É de seu amigo Langston Hughes. O filho de Hazel leu algumas estrofes no enterro dela. Quando ela morreu de câncer no pâncreas, em 1981.

E nós também vamos ler.

E vai ficar assim.

Menininha
Sonhando com um piano meia cauda
(*Sem saber que existe um Steinway maior, tão maior*)
Sonhando com um piano meia cauda para tocar
Um que se estenda sobre pés de pato, sobre o chão

Não parado ali de pé
Como um valentão na esquina,
Mas mandando a música
Escada acima e escada abaixo
E porta afora
Para desorientar até mesmo Hazel Scott
Que poderia estar passando

Enlouquecidos

A velhinha, ajoelhada diante do altar à luz trêmula das velas, perdida em suas orações, não ouviu o urso entrar na igreja de São Tomás.

E assim sua morte, que chegou quando os dentes do urso pardo se enterraram em sua garganta, por mais que tenha sido horrenda, foi súbita e veloz, e portanto relativamente piedosa. Na medida do possível.

A jovem babá segurando os pequenos que estavam sob sua responsabilidade numa carruagem puxada por cavalos, não pôde protegê-los do leão quando ele atacou e levou as quatro criancinhas.

As moças, costureiras que tinham largado agulhas, dedais e tesouras para dar um passeio ao sol, não esperavam ver um rinoceronte cortando caminho pelo parque. Nem ver seu chifre cortar sua amiga Annie Thomas.

Os nova-iorquinos que acordaram numa segunda-feira do mês de novembro de 1874 para ver uma manchete no *Herald*, que anunciava aos berros um SABÁ CHOCANTE, UM CARNAVAL DE CARNICERIA, ficaram atordoados ao descobrir o que tinha acontecido em sua cidade poucas horas antes, quando leram a notícia do rinoceronte do Zoológico do Central Park, e do zelador do zoológico que cutucou o animal com uma vara, por entre as finas barras de sua jaula, provocando o rinoceronte sem motivo. Bem quando os últimos visitantes iam saindo pelo portão no final do dia.

Até que o rinoceronte começou a jogar o corpo contra as barras, que se dobraram até que se romperam. Assim como os ossos do zelador. Quando o colosso passou por cima dele e seguiu alucinadamente, destruindo as jaulas de outros animais, até que a pantera, os leões, o tigre e os ursos (pardo e polar) e os lobos (também havia lobos) estavam todos de alguma maneira livres e enlouquecidos.

Hienas gargalhantes, macacos aos gritos saltando livres, saltando para as árvores que ficavam do outro lado da cerca de metal.

Os detalhes eram chocantes. A velhinha na igreja. A babá com as crianças na carruagem. As costureiras desesperadas e a pobre Annie Thomas. Perfurada.

E havia mais. Os espantados frequentadores de um piquenique que viraram almoço para um leopardo. Os jovens rapazes pisoteados por jovens elefantes. As dezenas de feridos que lotavam o Bellevue Hospital, alguns mal se mantendo vivos.

Eles ficaram sabendo da batalha sangrenta entre um tigre e um leão no meio da rua 59. Ficaram sabendo do *wallaby* e dos perus e dos gansos-de-bico-curto... e das girafas e de um tapir e do merganso-de-poupa e do mergulhão-caçador e do cisne-trombeteiro e assim por diante... todos eles mortos quando seus predadores finalmente os encontraram.

E ficaram sabendo os nomes das quarenta e nove pessoas mortas. Pelo menos das que tinham sido identificadas antes de o *Herald* ir para a gráfica.

E ficaram sabendo dos heróis.

Dos caçadores suecos que abateram uma leoa que estava a caminho da Broadway. E do próprio governador, que era um veterano da Guerra Civil, com quase oitenta anos de idade, mas ainda bom de tiro, e que correu para o local com seu rifle e matou o tigre-de-bengala, na esquina da Madison com a 34.

E esses nova-iorquinos, que ficaram sabendo dos horrores do dia anterior, também ficaram sabendo dos animais ainda desaparecidos. Anacondas e pumas. Assassinos à solta. E entraram em pânico, alguns.

Alguns ficaram em casa, fizeram barricadas na frente das portas. Alguns correram até a escola dos filhos para trazê-los de volta. Alguns dispararam para o porto e se amontoaram em balsas que seguiam rumo à segurança de Nova Jersey. Ou dos bairros afastados.

Outros também pegaram em armas. E montaram guarda à janela. Ocuparam postos de tiro nas escadas de incêndio e nos telhados. Ou foram para a rua, rumo ao parque, para cuidar daquilo com as próprias mãos.

O editor do *New York Times* correu para a delegacia central na Mulberry Street, para manifestar sua indignação pelo fato de que a maior notícia da história da cidade estava se desenrolando sem que alguém falasse com o *Times*.

Mas se ele, se qualquer um dos nova-iorquinos que agora se encolhiam embaixo da cama, que agora revistavam todo o Central Park, pistolas na mão, que agora suspiravam aliviados, enquanto viam o horizonte de Manhattan desaparecer na distância vista da parte traseira da balsa que os levaria a Staten Island... se qualquer um deles tivesse lido até o fim o artigo no *New York Herald* daquela manhã, se tivessem lido até o último parágrafo, que começa com:

É claro que toda a notícia escrita acima é pura invenção. Nenhuma palavra ali é verdade.

Eles não teriam entrado em pânico...

Mas ainda podiam ter se sentido indignados.

Como o editor do *Times*, quando finalmente percebeu que era tudo uma armação. Como os policiais que tiveram que restituir a cidade à normalidade, e tiveram que conter pessoas de verdade (com armas de verdade) que estavam à procura de rinocerontes de mentira. Como o prefeito, que não engoliu a defesa do *Herald*, de que seus editores queriam dramatizar a necessidade de maiores medidas de segurança num zoológico que penava por falta de recursos.

Mas eles no fundo acabaram dando uma lição. Uma lição que vale a pena recordar de vez em quando.

Sobre os problemas que podem surgir quando você solta monstros imaginários no mundo.

Seres que contam histórias

Caetano W. Galindo

Eu tinha uma longa viagem de avião pela frente. Eu tenho pernas compridas. Não sou pequeno. Dormir nessas condições é pouco mais que um sonho.

Às vezes eu leio, às vezes tento os filmes. Naquela viagem em particular eu decidi dar uma chance a um podcast que havia tempos meio que me assombrava. Era *O palácio da memória*, de Nate DiMeo, que agora virou livro.

Eu baixei todos os episódios de uma vez e, depois que se apagaram as luzes, mergulhei de nariz.

Fui sair do palácio cerca de oito horas depois. Pasmado. Encantado. Absolutamente derrubado.

Entre aquela longa noite e o dia em que entreguei esta tradução, eu vivi embalado pelos ritmos e pelas descobertas de *O palácio da memória*. Porque é claro que ali há muito mais do que trívia, detalhes históricos, delicadezas e violências desencavadas do passado americano, mundial. Aquela voz que ali no podcast revela mundos, noções e invenções, além de tudo dá conta dessa tarefa com um discurso afinado, uma prosa refinada, escritíssima, pensada, por vezes quase metrificada.

Seus temas podem ser essencialmente americanos, mas suas verdades são minhas, são nossas, e agora são tuas também.

Suas preocupações no fundo nem são "presentes", em oposição à "memória" representada pelo palácio que nos convida a visitar. Elas são pura e simplesmente humanas. Centrais.

Definitivas. E agora, de novo, podem te incluir. Podem te dizer alguma coisa.

Porque há nelas não apenas "descoberta", mas dois dados que me parecem centrais para o que nós podemos considerar como o poder da linguagem literária.

De um lado, o contato com uma voz constituída, personalizada, estilisticamente marcada e interessante. Um tipo de convívio pessoal que, na literatura, pode se tornar tão mais até do que o convívio pessoal de fato. Nós nos relacionamos com essas vozes, de poetas e de narradores, como que num nível mais direto, mais imediato. Nós como que incorporamos essas vozes (tão reais) que nos são dadas sem um corpo real. E as fazemos nossas.

Mas de outro lado vem o gancho mais poderoso, talvez o maior de todos os mecanismos de geração de empatia, de interesse, de comunidade e compaixão.

Histórias.

Narrativa.

Se esses textos apresentassem suas histórias, suas "conclusões" apenas como dados obtidos, gerados por uma visada empírica, mais objetiva, já teriam grande impacto. Ou poderiam ter.

Mas ao transformar cada um desses pequenos encontros numa espécie de volta às situações mais básicas da origem da narrativa na humanidade e na nossa vida individual (o velho junto da fogueira, a mãe à beira da cama), Nate DiMeo se serve do que de mais poderoso existe nesse nosso pacto tão... humano.

Nós somos seres que contam histórias. Nós somos os macacos que ficam curiosos quando ouvem algo que começa por "sabe o que eu descobri?"; somos os macacos que ficam vidrados quando ouvem algo que começa por "sabe o que me contaram?".

Nate DiMeo é um pesquisador sério. Ele é um escritor de ouvido apurado. Mas acima de tudo ele sabe narrar. Sabe transformar seus interesses e suas descobertas com o ritmo e a mecânica dos grandes contadores de histórias. Histórias que, afinal, falam com todos.

E no fim se revelou mais fácil até do que eu poderia ter pensado transformar de novo em texto aquelas narrativas que me encantaram num voo longo. Levar aquela voz de volta para o papel de onde sem dúvida ela tinha saído, e fazer com que no caminho ela passe a falar outra língua.

Grafia atualizada segundo o Acordo Ortográfico da Língua Portuguesa de 1990, que entrou em vigor no Brasil em 2009.

capa
Pedro Inoue
imagens de capa
Céu e pássaros: Room 76; Cartão postal: Boston Public Library, Tichnor Brothers, Publisher
Estrada: National Archives and Records Administration
preparação
Leny Cordeiro
revisão
Ana Alvares
Renata Lopes Del Nero

3ª reimpressão, 2023

Dados Internacionais de Catalogação na Publicação (CIP)

DiMeo, Nate (1974-)
O palácio da memória / Nate DiMeo ; seleção e tradução : Caetano W. Galindo. — 1. ed. — São Paulo : Todavia, 2017.

Título original: The memory palace
ISBN 978-85-93828-01-0

1. Conto americano. 2. Histórias de vida. I. Galindo, Caetano W. II. Título.

CDD 973

Índice para catálogo sistemático:
1. História de vida : Estados Unidos 973

Bruna Heller — Bibliotecária — CRB 10/2348

todavia
Rua Luís Anhaia, 44
05433.020 São Paulo SP
T. 55 11. 3094 0500
www.todavialivros.com.br

fonte
Register*
papel
Pólen natural 80 g/m²
impressão
Geográfica